風に立つ

松本 喜久夫

本の泉社

風に立つ——目次

第一章　八田問題との遭遇　9
第二章　成長への歩み　72
第三章　文化活動を力に　116
第四章　船出の時　171

第五章　新組合がんばる　216
第六章　悲しみを超えて　250
第七章　別れの時　276
松本喜久夫さんのこと　木村泰子　326

風に立つ

松本喜久夫

第一章　八田問題との遭遇

1

観客に向かって熱っぽく語りかける主人公の台詞が終わり、ゆっくりと幕が降りると、静まり返っていた客席から拍手が沸き起こった。客席の最後列にいた小宮純一は、久しぶりに見た演劇に、心を高揚させながら、強く拍手を送った。

純一は、一九六八年にＭ大学を卒業して、大阪市の教員に採用された。Ｎ区のＢ小学校で三、四年を担任し、まもなく二年目の三学期を終えようとしている。耐寒遠足、最後の学習参観と忙しい一週間を終えた土曜日の午後、夕陽丘の谷町ホールへ観劇に来ていたのだ。

熱っぽかった劇場を出ると、思った以上に冷たい風が吹きつけて来る。純一は、コートの襟を立てて、足早に地下鉄の駅に向かった。演劇の感想を語らいながらゆっくり歩いている人たちを追い越しながら歩いた。

「小宮君」

声をかけられてふりかえると、同じ南西教職員寮で同室の北岡信吾が追いついてきた。

「きみも見に来てたんか」

「はい。寮でチラシ見て」

「そやったんか。いっしょに来たらよかったな。どうだった」

「よかったです。けっこう感動しました」

「そうか。ぼくはちょっとひっかかるところがあったけど」

北岡は、純一と同じ大阪市N区のK小学校に勤務している。三年先輩だ。教職員寮は二人部屋で、六畳の部屋を半分ずつ使っている。市教組本部青年部の役員をしているせいか、遅く帰って来ることの多い北岡だったが、けっこうウマが合い、休みの日には寮の近くの喫茶店や飲み屋に行くこともあった。革新的な演劇に組合活動家の北岡がひっかかるというのが不思議だった。

「引っかかった言うのは、どんなところですか」

「これでいいのか、日本の教師たちよと、何度もコロスが呼びかけるところがちょっとな」

この夜、大阪のアマチュア劇団「明日」が上演したのはふじたあさや作「日本の教育一九六〇年」という演劇だった。勤評闘争当時の和歌山県を舞台にした物語で、同和地区出身の教員が、校長に出自をばらすと言われて心ならずも勤評書に署名してしまい、仲間との板挟みになって自殺する姿を描いている。重苦しいまでにシリアスなドラマだったが、迫力のある舞台で最後まで惹きつけられた。

子どもの時から演劇好きで、M大学で演劇部に所属していた純一は、大阪へ来てすぐ労演に入り、誘われたらたいていの演劇は見に行くことにしていたから、寮で劇団「明日」の団員でもある教員が配っていたチラシを見てためらわずにやって来たのだった。

二人は地下鉄を乗り継いで南西寮近くのT駅で降りると、ときどき立ち寄るトガンスという喫茶店に入った。木造アパートの一階にあるカウンターだけの小汚い店だが、コーヒーは苦味と香りが強くめっぽううまかった。ドンゴロスの袋を帽子代わりにかぶった頑固そうなマスターが、カウンターに並べたサイフォンで一杯ずつコーヒーを入れている。二人と入れ違いに客が出ていき、店内は純一たちだけだった。

「芝居は、同和教育の必要性を訴えてる。それには共感したし、熱演やったと思う。けど、何か気になるんや」

北岡は、ハイライトを取り出し、純一にも勧めた。純一は、就職した一時期タバコをやめていたが、またずるずると吸いだしている。特に喫茶店に入った時はタバコに手を出していた。

「ぼくは、なんか、自分たちが責められているような気がしていやだったんや。いま、非難されなあかんのはぼくら教師かと。教育汚職やってる市教委の連中こそ、もっと責められなあかんのと違うか」

「それはそうですけど、あの芝居は、何もぼくらを非難してるのと違うでしょ。一九六〇年の和歌山の話ですやん」

「お待ちどう」

コーヒーが出された。真之は砂糖をスプーン一杯入れたが、北岡はそのまま飲んでいる。

「ぼくは、今の自分たちにつきつけられたメッセージと感じたんや。おまえら同和教育やってるんかという」

「やってません」

それは正直な思いだった。

「ぼくも同和教育はやらなあかんと思てます。けど、学校では何にもやっていません。新任で同和教育部に入れられたけど、何をするんですかと聞いても、答えが返ってきませんでした。ウチは一般校やから、特に問題もないという感じですわ」

「そやな。ぼくとこもいっしょや。同和校だけの問題やないのにな。ぼくは生活綴り方やってるから、同和校に行って、暮らしを語り、目の前の不合理にしっかり目を向けるような同和教育もしたいと思てるんやけどな」

北岡は、京都の教育系大学で自治会活動に取り組み、生活綴り方教育のサークルでも活動してきた。彼の本棚には教育書や社会科学書がぎっしり詰まっている。時どき政治の話もしたが、自分の主張を押しつけることなく、純一の意見もよく聞いてくれた。

一方、純一は高校、大学と演劇部に所属していた。純一の所属していたM大の演劇部は、他の近隣大学のように革命的な作品をやらず、もっぱら三島由紀夫の「近代能楽集」や倉田百三の「出家とその弟子」などを上演していた。部員にはいろんな思想の持ち主がいて、自治会選挙ではそれぞれの候補を支持していたが、特に激しくいがみ合うこともなく一緒に芝居を作っていた。純一も何度か舞台に立ち、演じることが大好きだったが、教師になってからは、自分が演じるよりも、子どもたちに学芸会などで演劇をさせるということがだんだん面白くなっていた。昨年は、学芸会での劇指導を任され、古田足日の「水の上のタケル」という児童文学を自ら脚色し、上演して好評だった。自分の持ち味がやっと出せたという気持ちだった。

そんな話を北岡は親身になって聞いてくれ、時には自分の経験に基づくアドバイスもしてくれた。

「きみは演劇をやっていたんやから、授業に生かせていいな。ぼくは作文、君は演劇で子どもたちを育てていこう」

北岡はそんな風によく言った。

大阪市は大学へわざわざスカウトに来るほど教員が不足していたので、何人かの友達とともに純一もあっさり採用試験に受かった。さっそく赴任先のB小学校を訪ねると校門の前に飲み屋やスナックがある環境だった。運動場も狭い。学校と言えば緑豊かな自然の中にあると思っていた純一には驚きだった。

赴任すると同時に、「全員入っているから」と組合加入の用紙を渡され、同時に学閥の会にも入会させられた。

一年目に担任した三年生の子どもたちはなかなか落ち着かなかった。学年主任のベテラン教師木田茂子からは教室が汚いとよく注意されたし、始業のチャイムが鳴っても帰ってこない子もいた。おまけに学級会計がきちんと合わなかったり、出席簿が不備だったり、何かと注意を受けた。

木田からは同学年の永野裕美ともよく比較されて注意されたが、彼女は好感の持てる人だった。二年先輩だが、短大出身なので年は純一と同じだ。子どもの様子をよく見ていてときどき助言もしてくれた。学年会ではほとんど黙っているが、芯の強い人だと感じていた。

今になって考えて見ても一年目は確かに失敗も多かったが、引き続き四年に持ち上がってからはまずまずクラスも落ち着き、のびのびと働くことができるようになっていた。得意とする本の読み聞かせや、文集つくりにがんばり、子どもたちとよく遊ぶ中で、雰囲気もだんだんよくなっていったのだ。学年の事務作業などもがんばる中で、一年目は叱責されてばかりいた木田の注意も少なくなっていき、運動会や学芸会などでは中心的な指導も任されるようになっていた。


「小宮君、発令式の時、同和教育の講話聞かされたやろ。どう思った」

「大阪は進んでいるんやなと思いました。」

それは純一の実感だった。M県で、同和教育を主張するものは、アカのレッテルを貼られると聞いていたからだ。純一の友人には、大学部落研で活動しているものもいたし、これまで部落問題に全く関心がなかったわけではない。高校生の時「橋のない川」を読んで感動したりもしている。大阪市教育委員会の同和教育担当者が、「差別の結果苦しめられている子どもたちに目を向け、差別を許さない子どもを作っていきましょう」などと熱っぽく訴えるのは驚きだった。

「進んでいるとほんまに言えるのかどうか。ぼくは、官制の同和教育には疑問がある」

純一にはその言い方は納得できなかった。青年部役員をやっているからと言って、なんでも反教育委員会で固まりすぎているのではないだろうか。

「差別を許さないという考え方は、大切なんと違いますか」

「確かに大切や。でも、心がけ主義、道徳主義で子どもたちに教え込むだけでは何も変わらんと思う」

「ほな、どうするんですか」

「実を言うと、ぼくもようわからん。けど、何かおかしな方向へ行ってるような気がするんや。労働条件無視して教師に何もかも押しつけるような方向に」

北岡が何を考えているのか、純一にはよくわからなかった。しかし、何かしら彼は悩んでいる。そのもやもやしたものが、うまくいえず自分でも苛立っているような様子だった。

二人は店を出て、寮へ向かって歩いた。少し風が強くなり、二人に吹きつけてきた。

2

三学期は無事終わり春休みになった。

次年度の担任発表は始業式前日だが、純一は、四年先輩の中村光彦からいっしょに五年をやってもらうからと声をかけられた。中村は六年を卒業させた直後に、校長からまた高学年を頼むと言われたそうだ。すでに人事が内定しているのだ。

「ぼくが学年主任だそうや。よろしく頼むで」

「よろしくお願いします」

純一はいくぶん弾んだ調子で答えた。まだ青年部の中村が学年主任を務めるというのは異例の抜擢だと思えた。

中村は、体育会系のきびきびした人で、口調は厳しいが親切な人だった。

新任の時には、年度末の学級会計が合わなくて困っていた時、いっしょに遅くまでつきあってくれた。体育の時、子どもがダラダラしていると叱ってくれたりもした。

もう一人の男性青年部員で二年先輩の野崎敏正は、中村と特に親しかった。

純一も二人に声をかけてもらい、職場の帰りによく喫茶店に行っては、三人で、学級文集を見せ合ったり、子どもの話や職場の話をした。二人は木田とも親しく、純一に、木田が何を望んでいるかをよく伝えてくれた。だが、なぜか永野のことはあまり話さなかった。彼女は職員室でも無口であまり社交的でないからかもしれなかった。

純一も、中村や野崎が中心となっている夏休みの水泳特訓や土曜午後のソフトボール指導には、誘われるままにさして好きでないにもかかわらずつきあってきたので、彼らとの信頼関係は築かれていた。二人ともどちらかというとノンポリで政治的な話題にはあまりふれなかったが、日教組がおこなう賃金ストには協力的だった。新任の年に行われた早朝一時間カットの一〇・八統一ストには、二人が行くと言うのでいっしょに参加した。

ところが、教員全員が組合員なのだが、ストなどにはほとんど参加したことのない職場で、若手三人が参加したことはかなり目立ったらしい。輪番で分会長になっている大崎は、教務主任も兼ねていて、積極的にストに行くような人ではなく、ご苦労さんと言ったきりだった。

その日の放課後は、今も忘れられない不愉快な思い出の日となった。校長室に呼ばれて、吉松教頭からいろいろ真意を聞くという形で警告されたのだ。

校長室に入ると、教頭はぎょろりとした目で純一をにらみ、座るように指示した。

「ストに行くのは権利やから止められへんけど、新任の君が何で行く気になったんや」

「組合員やから、行かなあかんと思いました」

それは純一の実感だった。強く勧められたわけでもない。組合の方針だから参加するものだろうとあたりまえの行動をとったまでだ。

「はっきり言うけど、君はまだ一人前になってないやろ。まだ仕事も満足にできないくせに、ストに行くのか」

煙草をくわえながらの説教だった。

「将来組合役員になるつもりなら、また別やけどな。それも一つの道や」

「そんな気はありません」

ねちねちした言い方だ。日頃から権力的な物言いの多い教頭に強い反感を覚えたが、いちいち言い返さず、適当に頷きながら黙っていると、気が済んだと見えて解放してくれた。

他の二人は、純一に比べて仕事の実績を積んでいるので、ほとんど何も言われなかったとのことだった。

その教頭も、四月一日の異動で教育委員会に栄転し、校長も退職し、新たな校長と教頭が同時にやってきた。どういう方向に行くかわからないが、学校の雰囲気は大きく変わるだろう。

新五年担任のもう一人は、まだ誰かわからないが、転任者が加わるということのようだった。おそらくベテラン教員だろう。どんな人かちょっと心配だったが、ともかく勉強しておかなければならない。純一は、さっそく「五年生の学級づくり」とか「五年生の文学指導」と言った本を買い込み、勉強を始めた。四年生で教えた子どもたちの三分の一とはまた付き合うことになる。今までとは違ったレベルの高い授業をしたかった。


そんな春休みも半ばを過ぎた夜、寮の自室で、教材研究をしていると、北岡が帰ってきた。

「羽田さんが昨日からずっと寮に帰ってこないんや」

それが最初の言葉だった。

寮にはもちろん電話はあるが、校務以外にはあまりみんな使わない。ずっと帰ってこないということは何か異常事態が起こっているのだろうか。

北岡の話によると、羽田が、差別文書に加わったということで問題が起こり、部落解放同盟から糾弾されるかもしれないというのだ。

羽田は、北岡と同じ市教組青年部の活動家だ。食堂などで純一とも時どき話をする。いつもにこにこしている気さくな人だった。

純一が遅く帰ってきた時、寮の食堂で冷えた夕食を食べているときなど、よく、トレイを持って近づいてきた。

「おっ、また鯨のカツか」などと子どものように喜び、うまそうに冷えた飯をかきこむ。差別などということはおよそ縁がなさそうに思えた。いったいどんな文書なのだろう。部落解放同盟が差別文書と言うからには、それなりの理由があるはずだ。

北岡は深刻な表情だった。

「なんですか、その差別文書というのは」

「市教組役選の挨拶状や」

市教組の役員選挙は、純一の所属する南支部では選挙運動も行われている雰囲気はなかったし、特に関心はなかった。だが、北岡の話では支部によっては、自治会選挙の時のように激しい選挙が行われていたようだ。問題が起きたのは南東支部の役員選挙とのことだった。

「南東支部は、あと一歩で、ぼくらの支持する人たちが当選しそうな力関係やったんや」

「共産党系の人たちですか」

「そういう風に言われてるな。ぼくらのことを日共派と」

日共・民青という言い方は大学で自治会執行部の人たちがよく使っていたし、対抗する人たちは相手をトロッキストと呼んでいた。純一はそうした争いからは一歩距離を置いていたが、どちらも反権力なのになぜあんなに敵対するのかという疑問はずっと抱いていた。

「ぼくは、日共派と呼ばれているけど、組合を共産党支配にしようとは思ってない。組合は政党から独立した存在であるべきなんや」

「そうなんですか」

「日教組も、市教組も、社会党一党支持を組合員に押しつけてる。けど、それは間違いや。組合とは別に、何党であろうと支持する人たちが集まって後援会を作って活動すればええんや」

それはなるほどと思える。

「ぼくらは、社会党支配でもない、もちろん共産党支配でもない組合を作り、組合員の一致できる要求を大事にして運動する組合をつくりたいんや。だから役員選挙で、市教組を変えたいと思ってるんや」

北岡はさらに熱を込めて語った。

「現執行部の人たちは、ぼくらのような考えが邪魔なんや。だから解放同盟の力を利用して、攻撃してきたんや」

「共産党は、部落差別に反対してるんと違いますか。解放同盟は共産党と考えが違うんですか」

「水平社の時代から、共産党は解放同盟と手を携えてきた。けど、ここ数年、解放同盟の幹部が、運動の大義を踏み外して、部落民以外はみな差別者といった排外主義や、利権あさりに落ち込んでしまったんや。」

北岡は、しばらく黙って、何かを思い出しているようだった。

「もういまではそういう解放同盟のやり方にきっぱりと批判できるのは共産党しかない。だから政府も自治体当局も、彼らを泳がせて、共産党との対立をあおってる。学生運動と同じや。革新勢力を分断しようとしてるんや」

北岡の言うことがすべて納得できたわけではないが、この人の言うことは真実だと思えた。


羽田は翌日の晩遅く帰ってきたそうだが、直接話す機会もなく、それからしばらく、純一はその話を忘れていた。翌日から連日出勤して、教室の整理や、教材研究などにバタバタと過ごして春休みは事実上終わり、入学式前日の職員出勤日となった。入学式準備終了後、着任した椿野校長から担任発表があり、純一の学年には、中学校の音楽教員から転任してきた秋永脩が加わった。三〇代半ばで、ふっくらとした顔立ちの穏やかそうな人に見えた。

続いて校務分掌の分担表が配られた。驚いたことに純一は同和主担になっていた。

なぜ、自分がそんな役割になるのだ。まだ、自分は三年目ではないか。確かにこれまでは、同和教育部などと言っても名ばかりだったし、同和主担がそれほど重責ではなかった。しかし、これからもそういうことで済むのだろうか。差別事件発生などと言う問題に直面するのではないだろうか。

だが、そうやって発表された人事に異を唱えるのは不可能だった。周りを見ても中村は学年主任と体育主任をこなし、運動会やプール指導に責任を持つ。秋永は生活指導部で児童会関係を担当し、音楽主任として区の交歓音楽会も受け持つ。いずれも行事その他で忙しい校務だ。野崎は六年担任で視聴覚主任をまかされ、これもかなり仕事が多い。

純一は生活指導部員だが、そこでの仕事は交通安全指導だけだ。彼らに比べれば自分の仕事はまだましなのかもしれない。あたりまえのことだがともかく、自分の学級に全力を尽くそう。

第一回の学年打ち合わせでは、秋永が三クラスの音楽を見る、その代わりに純一が秋永学級の習字と図書指導を、中村が家庭科を見ることになった。学年一人ずつの研究授業には、純一が振り当てられた。

三人は打ち合わせが終わると、秋永の求めで音楽室に行った。

「これが小学校の教科書ですか」

秋永は、ピアノの前に座ると、すぐに教材を弾き始めた。「おぼろ月夜」「こいのぼり」。

流れるようなピアノタッチだった。

「何か歌ってください」

言われて純一が「かあさんの歌」を口ずさむと、秋永は、ぴたりと音程を合わせて伴奏をつけてきた。自分の思い通りに歌っているのに、ピアノのほうが合わせてくれる。こんな経験は初めてだった。

「いやあ、先生、ええ声してはる」

「先生の伴奏こそすごいです」

二人の会話を聞いて、中村は苦笑しながら付け加えた。

「音楽交代してくれて、ぼくの組の子どもらも幸せや」

そう言いながら、中村も元気よく歌っている。歌うことによって、三人はぐっと親しさを増していた。


新学期が始まった。

始業式を終え、五年三組の教室で子どもたちと向かい合うと、三分の一は二年間教えた顔ぶれだが、他の子どもたちもほぼ顔なじみだ。女子も人懐っこい。ちょっとした純一の冗談にもよく笑ってくれる。中村は体育、秋永は音楽の指導力が卓越している。自分は、文学の指導でがんばろうと思っていた。

「これから、みんなでいっぱい本を読もう。読書の好きなクラスになろう。そして、自分たちの心を豊かにしよう」

そんなことをアピールして、始業式を終えた。毎日給食時には本を読んでやるつもりだった。隣の秋永の教室からは、さっそく歌声が響いてきた。

数日後、職場に市教組のニュースが配られて、羽田の係わったという文書のことが分かってきた。それは、想像した以上の激しい事件だった。

南東支部の役員選挙に立候補した山下教諭が出したあいさつ状が差別文書だと、解放同盟によって指摘され、それを受け入れなかった山下氏と、推薦人に名を連ねた人々、および配布に協力した金石教諭ら一一の人々が、差別者として糾弾され、組合員として権利停止を受けたというのだ。羽田も推薦人の一員として、連日対応に追われているらしかった。

市教組ニュースに掲載されているあいさつ文の中で、問題となった個所は次のようなものだった。

「組合員のみなさん。

①労働時間は守られていますか。自宅研修のため午後四時頃に学校を出ることができますか。仕事に追いまくられて勤務時間外の仕事を押しつけられていませんか。進学のことや同和のことなどで、どうしても遅くなること、教育懇談会などで遅くなること

はあきらめなければならないでしょうか。また、どうしてもやりたい仕事もやめなければならないでしょうか。

②教育の正常化に名をかりたしめつけや管理がありませんか。越境、補習、同和など、どれを取りあげてもきわめて大事なことですが、それに名をかりて転勤過員の問題や特設訪問や研究会や授業でのしめつけがみられて職場はますます苦しくなります。新指導要領についても同様です。〝どんなよいことでもお上（行政）からきめられたことはダメだ。自ら要求し自らかちとったものが身になり肉になる〟ことをひしひし思い知らされます。」

あいさつ状はこの後、沖縄返還や安保破棄の課題を、暴力集団を除いた統一戦線で勝ち取ろうと訴えている。

一方、解放同盟八田支部の糾弾文書では、この挨拶状を次のように批判していた。

「あきれたこともあるものである。人民の前衛と言い、国民の教育を守る日教組の組合員、教育労働者の組合幹部への立候補あいさつが、部落差別を宣伝し、部落解放運動に反対し、教師の古い意識を同和教育に反対する基盤として結集することを訴えたのである」

人民の前衛？　純一は首をかしげた。それは共産党のことだろう。このあいさつ状は共産党が出したと決めつけるのだろうか。

「彼を推せんする人々は〝ただよいことだからというだけの理由〟でとして同和教育を中

傷し、その実践に水を差そうというのである」

「教師の苦しみ、困難さの原因が進学の事や同和のことにすりかえられているのである。具体的には部落解放同盟の解放運動に教師の苦しみの根源があるという恐るべき結論になっているのである。これは一体どういう思想であろう。論ずるまでもあるまい。人民解放の闘いに水を差し、非難中傷し分裂させ、真の敵を不明にし、差別を温存させる。まさに差別者以外の何者でもあるまい」

この解放同盟の見解を市教組執行部は全面的に正しいものだとして、一一人の権利停止を決定したのであった。

純一には、このあいさつ状が差別文書であるとは思えなかった。解放同盟による強引な批判、もっと強く言えばこじつけの批判ではないだろうか。山下氏らが「同和」教育に取り組む市教委の体制ややり方に批判的だということはわかる。だが、それが差別文書とまで言い切れるのだろうか。一一人の人たちの言い分も聞いてみたかった。

3

南西寮では、北岡と親しい仲間がよく部屋を訪れる。純一に気を使って、出ていくときもあったが、ビールなどを持ち込んでいっしょに語り合うこともあった。そんな中で、山下文書をめぐる動きも、いろいろ聞くことができた。驚いたのは、山下氏らのメンバーに加えられた糾弾の激しさだった。

四月九日の朝には、八田中学に勤務する金石、岡崎教諭たちを無理やり連れだし、八田市民館へ連行したとのことだ。同時に、玉村教諭も別な学校から連行され、三人を、夜中の二時ごろまで一五時間にわたって差別文書であることを認めて自己批判せよと糾弾したという。

「罵声の飛び交う中でやな、長時間立たされて、胸倉つかまれて糾弾されたんやで。糾弾という名のつるし上げや。こんなことが許されるか」

北岡は、ノートを見ながら、青年部役員会などで知った情報を詳しく話してくれた。恐ろしいことに、その糾弾集会には、市教委の同和主幹や、校長たちも同席していたという。解放同盟側は、教師たちの首切りも要求していたのだ。

「全部ほんまの話ですか。大げさになってるいうことはないんですか」

純一はそう確かめずにはいられなかった。

「残念ながら全部事実や。市教組組合員にきちっと真実が届いてないだけの話や」

北岡より少し年上の水沢が、強い口調で言った。水沢は市立高校の教員で、南西寮では最古参だ。

「市教組執行部は、組合員を守るどころか、逆に権利停止した。反共分裂主義の見本や」

「反共主義」という言葉に純一はこだわった。やはり、この問題は、共産党と解放同盟や市教組との争いが根底にあるのだろうか。そのたたかいはますます、燃え広がっていくのだろうか。

純一はそんな疑問を口にした。

「つまり共産党と解放同盟の争いということですか。市教組を舞台にした」

「ちがう」

北岡は強い口調でさえぎった。

「見た目はそうかもしれん。けど、本質はそうやない。部落解放は、人民の統一戦線があって初めて実現するんや。共産党も、労働組合も、解放同盟も、みんなが統一してたたかうべきなのに、支配層はそれを分断しようとする。ぼくらはその権力に利用された一部の組合幹部や解放同盟の幹部とたたかうんや」

純一は羽田の帰ってこなかった夜、北岡と交わしたやり取りを思い出した。権力、統一、分断。あの晩熱を込めて話した北岡の言葉がより鮮明に迫ってくる気がした。

「小宮君、演劇見た帰りに、トガンスで同和教育の話したやろ。ぼくな、あの時もやもやしていたことがだんだんはっきりしてきたんや。官制同和教育についての疑問や」

北岡は、言葉を切って、少し考えを整理している風だった。

「日共と言われている岡崎先生も、金石先生も、八田中という同和校に、自ら進んで赴任し、熱心に同和教育に取り組んできた先輩たちや。それが今差別者といわれて糾弾されている。岡崎さんたちが変節したんか。決してそうやない。子どもたちが、現実の不合理をしっかり見つめて、自らの生きる方向を見い出していくという同和教育を進めるためにも、教師の労働条件は大事にされなあかんと主張しただけや。実際に八田という地域で取り組んできたからこその実感なんや」

北岡の言うことはわかる気がした。本当にまじめに同和教育に取り組んできた人たちが、解放同盟や市教委から非難され、組合から権利停止される。やはりおかしい。逆立ちしている。羽田の顔が浮かんだ。あの人は差別者ではない。きっと、一一人はみんな差別どころか教育を大事にしている人たちだ。

「小宮君、市教組青年部は、山下文書は差別ではないという方針で大会を開く。できれば君にも代議員になってほしい」

北岡は、純一にもう一歩踏み込むことを求めていると分かった。

市教組青年部大会には、役員と、各分会からの立候補者が代議員として参加できる。立候補者が多ければ青年部長会議で選挙することになるが、南支部ではこれまでは定数内の立候補者しかなく、希望さえすればほとんど行けるとのことだった。

純一は、二、三日考えた結果、分会青年部長でもある中村に、青年部大会に行きたいと申し出ることにして、放課後、中村の教室に行った。すんなりうんと言ってもらえると思ったのだが、中村の反応はちがっていた。

「行きたい人が行くということは、何も問題ないが、なんで君は行く気になったんや。誰かに頼まれたんか」

純一は正直にハイと答えた。

「南西寮で同室の北岡さんいう人に頼まれました。行ってくれへんか言うて」

「その人は、山下文書についてどういう考えや」

「差別ではないという考えです」

「君もそうか」

純一はちょっと迷ったが、ハイと答えた。

「そうか、それで頼まれたんか」

中村はしばらく黙っていた。気詰まりな沈黙が流れた。

「今回はやめといたほうがええ。一つの考え方に突っ込んでいくのは早い」

意外な言葉だった。

「おれも人のこと言われへんけど、君もまだ、仕事が一人前とは言えん。組合でがんばるつもりやったら、誰からも文句言われんように、足場を固めてからやった方がええ」

「それはそうですが」

「山下さんいうのはどんな人か知らんけど、はっきり言うて共産党系やろ。応援するんなら、風当たりも覚悟しとかなあかんで」

中村はそういうと、純一をじっと見た。

「君は同和主坦でもあるしな。慎重にしたほうがええ」

「わかりました」

ここは引き下がろう。とっさにそう判断した。中村と対立してまで、主張はしたくなかった。

その晩、純一は仕事が手に着かなかった。中村の強い口調が引っ掛かった。

まだ一人前ではないと言われたことが、ボディブローのように、じわじわと純一の気持ちを重くした。自分は仕事の面でも認められていると思い上がっていたのだろうか。組合でがんばるつもりなどないが、そういう中村だって、いっしょにストに行ったではないか。なぜそんな言い方をするのだろう。

中村も、山下文書を差別文書と決めつけることには反対しているだろうとなんとなく思い込んでいた。その考えは甘かった。もしかすると、自分の想像を越えて、職場の中に、山下たちは差別者という空気が広がっているのだろうか。

もしかすると中村の言葉は、好意的な忠告かもしれない。所詮自分は北岡のような活動家ではない。中途半端な気持ちを戒めてくれたのだと受け止めよう。余計なことを考えずに、仕事に集中しよう。

今日のことを話そうと思っていた北岡はなかなか帰ってこない。純一は、布団を敷いてごろんと寝っころがった。いつの間にか眠りに落ちていた。

純一が参加できなかった青年部大会が終わった夜、北岡たちは、部屋に集まり、大会をふり返って、話が盛り上がった。純一は、やや後ろめたい思いもあったが、大会の様子を聞きたくて、部屋にとどまっていた。

北岡の話によると、圧倒的多数で山下文書は差別ではないと決議された。

執行部がその提案をすると、激しいヤジが飛び、議場は騒然となった。「市教組の方針違反や」「差別や」などの声が飛び交う中で、親組合から指導的立場で来ていた石川執行委員が発言を求めたが、議長の関谷がぴしゃりと封じ込めたそうだ。関谷は南支部の青年部長で、温和な感じの人だが、そんな一面もある人だったのか。

「関谷さんはすごい。名議長や」

北岡は何度も繰り返し、その場の様子を話した。

石川氏が発言を求めた時、会場から手が上がり、「我々はもう親組合の話は十分聴いた。これ以上の介入発言は断るべきだ」という声が出された。それを受けて議長が「石川さん、同和のことですか」と尋ね、「そうです」と答えた石川氏に「ではやめてもらいます」と発言を拒否したのだという。むろん会場からは議長横暴といった声も上がったが、関谷議長は平然と議事を進行したそうだ。

それにしても、青年部では、市教組全体の雰囲気とはまるで違う世界が展開されているのだ。なぜだろう。

「次は市教組大会でも決議を上げなあかん。一一人の権利停止も撤回させるんや」

北岡がそう言うと、水沢が首をかしげた。

「しかし、市教組大会は、君ら統一派が少数なんやろ」

水沢は統一派という言葉を使った。それはなんとなくいい響きだった。

「確かに今はそうや。けど、市教組大会は、この問題をまともに討議せず、流会戦術で、うやむやに終わらした。だから臨時大会を開いて、討議を続行すべきなんや」

北岡の説明によれば、五月二〇日に開かれた市教組定期大会では、一一人の権利停止を解除せよという提案が出され、大会議案終了後取りあげることになっていたのに、執行部を支持する代議員たちが一斉に退場し、何も審議できないまま流会となったのだという。

「近いうちに、大会開催要求署名の運動が始まるはずや。そこから新たな闘いが始まる」

北岡は、いろんな情報をキャッチしているようだった。

4

北岡が言った大会開催要求署名は、翌週の月曜日にさっそく南西寮に持ち込まれた。朝食の時食堂などで、署名を前に話し合っている姿も見かけられる。純一も無論署名はしたが、北岡から託された署名を職場に持ち込んで人に頼むのはためらわれた。だが、自分が訴えない限り、誰もそんなことをする職場でないことはわかっている。ともかく、中村に見せて意見を聞いてみよう。またブレーキをかけられるかもしれないが、案外この署名はしてくれるかもしれない。とは言うものの今度こそ気まずい雰囲気になりそうだ。言いだすには勇気がいった。かといって、他の人に勧めるのも気が重い。あれこれと躊躇しているうちに、思いがけないことが起った。職員会議の終了後、短時間開かれることになっていた分会会議に、署名の当事者たちが、直接訴えにやって来たのだ。

四月から大崎と交代した分会長の佐藤が、同じ区内の福山先生から、「分会会議のある時に署名を持って行きたい。先生方に直接趣旨説明をさせていただきたい」との申し入れを受け、五分間程度という約束で、受け入れたことを説明し、廊下にいた福山たちを招き入れた。入って来たのは福山と関谷だった。二人ともきちんとネクタイを締めていた。

福山は署名を始めた三人の発起人の一人で、区内の最も貧困層が集まった地域の学校に勤めている。顔を見るのは初めてだ。署名の発起人になるとはいったいどんな人なのだろう。思ったよりも若い風貌の人だった。

二人は、全員の机に署名用紙を配った後、職員室の後ろに立って、訴えを始めた。

「先生方、長時間の会議でお疲れの所、貴重な時間をいただいて、ありがとうございます。市教組臨時大会開催要求署名の発起人の一人、福山でございます。よろしくおねがいします」

いかにも演説に慣れたという歯切れのいい口調だった。

「私たちが、臨時大会の開催を要求する署名を始めたのは、五月の市教組定期大会が、積み残しの案件を残して流会となったからであります。その案件と言いますのは、第一に、南東支部一一人の組合員の権利停止問題です。市教組の規約には権利停止という規定はありません。規約にない処分を、中央委員会で決めたわけですから、これが妥当か否かを論議し、誤っているなら改めるというのは、大会でしかできない事であります。組合員のみなさんは、この問題でさまざまなご意見をお持ちのことだと思いますが、意見の違いはあっても、大事なことは大会で論議を尽くして決めるべきだというのが、私たちの思いです」

福山は、山下文書が差別かどうかという論点は一切出さず、大会開催要求が、規約に基づく組合員としての民主的権利だということを力説した。

純一は訴えが終わると思わず拍手したが、周りは静まり返っていた。

訴えが終わると、福山たちは「ありがとうございました」とあいさつし、すぐに部屋を後にした。佐藤は、それ以上何もふれず、分会代表者会議の報告を一〇分程淡々と行った。特に意見や質問も出ない。佐藤が「特にご意見がなければ以上で終わりたいと思います。ご苦労様でした」と言った時、秋永が、ひょいと手を上げた。

「佐藤先生、この署名は先生が取りまとめていただけるんですか」

さりげない口調だった。

「そこまで考えてませんでしたが、預かっておいて、また来られたら渡すぐらいのことはします」

「わかりました。では」

秋永は、立ち上がって、署名用紙を佐藤に手渡し、またゆっくりと席に戻った。しばらく沈黙が続いた。

「終わってよろしいんやな」

大崎のやや甲高い声が響き、佐藤は閉会を告げた。沈黙が破れ、みんなは帰り支度を始めていた。隣に座っている中村も黙って署名をしている。

「君は書けへんのか」

中村に声をかけられ、純一は、すでに頼まれて書いたことを告げた。

「あいつは、大学で同期や。昔から面倒見のええ男や」

中村はＷ大の出身だ。福山もそうなのか。

「ぼくらみたいなどこの馬の骨かわからんもんは、みな愛教会」

以前、中村がそんなことを言っていた。愛教会というのは、大阪の師範学校や学芸大出身者以外のもので作られている学閥だ。純一も組合加入と同時になんとなく加入させられ、一度だけ連れられて総会に行き、生まれて初めててっちりを食べたものだ。だが、教員異動にからんだ汚職が明るみに出る中で、学閥解体が叫ばれ、目立った活動はしなくなっている。中村は大阪出身者に対する対抗意識があるのかもしれなかった。署名もそうした連帯感のなせるわざなのだろうか。

それにしても秋永の行動には驚いた。見ようによっては署名のデモンストレーションにも見える。いったいどんな人なのだろう。佐藤も、彼らを受け入れたということは、今の市教組の動きに批判的なのだろうか。

この署名は思った以上に支持されている。自分も足を踏み出し、周りの人に声をかけて見よう。そんな思いがわいてきた。

純一は、二年間同学年だった木田良子と永野裕美に思い切って声をかけることにした。二人は今年はそろって一年担任になっている。とりあえず話ができそうな人は二人しかいない。

学年主任だった木田は、終業式の後、教室に来て声をかけてくれた。

「この二年間で、あんたずいぶん成長したわ。五、六年でも十分やっていける。もう私が言うこと何もないよ」

いつも厳しい人で、教室の整頓や服装など細々とよく注意されたので、少し意外だったがうれしかった。

永野は、自分には優しかったし、気さくに話しかけることができる。ストには行かなかったが、クラスを見てくれ、帰ってきた時にはご苦労さんと言ってくれた。おそらく署名してくれるだろう。

教室へ頼みに行くと二人ともあっさり署名してくれたが、それ以外の人には声をかけそびれた。更衣室で野崎といっしょになった時、思い切って署名を頼もうと思ったのだが、言いだす前に、逆に声をかけられてしまった。

「小宮君、きみ、こないだの署名集めてるのか」

「あ、はい」

「中村さんも書いてたな。けど、ぼくはやめとくから」

とっさにどう言っていいかわからぬまま、野崎は更衣室を出て行った。中村と親しい野崎だが、誰かから署名をするなと言われているのかもしれない。署名に反対する力も働いているのだ。自分にできることはもうここまでかもしれない。無理はしない方がいいと思いながら、そんな自分が歯がゆかった。

北岡の話によると、瞬く間に署名は広がり、一〇〇〇筆を越えたそうだ。しかし、一部同和校では、署名をするのは差別者に加担することだと、激しい攻撃も始まっているという。

「このたたかいは、山下文書にかけられたいわれなき差別呼ばわりに対する攻撃に対するぼくらの決定的な反撃や」

北岡は、連日遅くまで活動している様子だったが、だんだん元気を増しているのが分かった。純一も、次第に彼らと気持ちが重なっていくのが、自分でもわかった。

七月の中央委員会で、署名四二三〇名が提出されたという。大会開催に必要な一万一〇〇〇の組合員数の五分の一をはるかに超えている。やがて大会が開かれることは確実だった。

大会が開かれることになったら、今度こそ代議員に堂々と立候補しよう。そんな気持ちを高ぶらせながら純一は仕事に励んだ。まもなく一学期が終わる。通知表の作成、懇談会の準備、夏休みの課題づくり、高野山での林間学舎準備と仕事は山積している。さらに文集づくりも取り組みたい。持ち帰りの仕事も増えてきたが、あまり苦にならなかった。仕事に追われると言うよりは、こちらから追いかけている気分だった。

5

夏休みに入ってすぐの林間学舎は雨にたたられたが、高野山ではキャンプファイヤーもなく、野外活動は少ない。肝試しのお墓めぐりはやめ、屋内で怪談話をすることになり、純一は山姥と小僧の話をたっぷりと語って「さすが演劇部」と中村に褒められた。

さしたる問題もなく二日間を無事終え、帰った日の翌日だけ休んだ純一は毎日プール指導に励んだ。午前中は各学年の指導だが、午後は希望者を集めての特別練習である。終わってから、いっしょに喫茶店に行くこともあったが、それぞれが忙しく帰る時もあった。中村も野崎もアルバイトの家庭教師に行っているらしい。純一もそういったバイト先を紹介してもらったが、行く気がせず断っている。八月に入ってプール指導が終わったら、帰省するつもりだった。

そんなある日、純一は永野から「『海のつどい』に行かへん」と声をかけられた。「海のつどい」というのは市教組青年部が毎年取り組んでいる夏休みの行事だ。小豆島のシルバービーチで二泊三日の海水浴が中心だが、夜は学習会や交流会も行われる。班を編成して林間学舎のように集団行動するらしい。

永野は他支部の友だちから誘われたが、どうしようかと迷っているそうだ。

「うちの学校からは誰も行かへんから、どうしようかと思って」

純一もこれまで行ったことがなかったが、瞬時に今年は行こうと思った。

永野の話では、中村や野崎は、全く行く気がないらしい。永野は、純一が署名を集めていることから、青年部活動に協力的だと判断し、声をかけたのかもしれない。もしかすると彼女も、かなり自分たちに近い考えなのかもしれなかった。

「ぼくも行きます。よろしくお願いします」

二人は笑顔でうなずきあった。


「海のつどい」は弁天埠頭から出発する。八月半ばを過ぎたが陽射しは厳しい。高校の修学旅行で、ここから別府へと向かったのが懐かしく思い出された。

集まってきた青年たちは、三〇〇人近い大集団だった。サングラスをかけているものが多い。派手なアロハシャツを着ているものもいる。それぞれ日焼けした顔をほころばせ談笑している。永野はと見ると、誘ってくれた友だちといっしょにいる。北岡以外にはあまり顔見知りのいない純一は、ちょっと手持無沙汰だった。だが、班ごとのメンバー票を渡され、自己紹介しあうと、自然にうちとけて話が弾んだ。

島に着くとすべては班行動になった。集団行動のルールを守らなければならない。アルコールは一切禁止されている。まるで修学旅行のようだと思いながらも、けっこう楽しかった。

シルバービーチに着くと早速ひと泳ぎして、初日の夜は、班の旗を作る。この旗を持ち寄って、一二月に行われる「青年のつどい」という教育研究集会でまた会おうと言い交すのだ。

二日目は、午前中からたっぷりと泳いで、午後は、「砂の芸術」と称する遊びもある。夕食後は「夜のつどい」だ。キャンプファイヤーを囲んで班ごとにスタンツを行い、みんなで歌ったり踊ったりする。花火もある。すっかり純一は学生時代の気分に戻っていた。

キャンプファイヤーが終わって二日目の行事が終了したが、まだ部屋に帰るのが惜しい。もう少し、この砂浜で自然の雰囲気に浸りたかった。

純一は仰向けに寝っころがって星を眺めた。大阪の空からは想像もできないほどたくさんの星がきらめいている。

すいーっと星が流れた。林間は雨だったし、こうして流れ星を見るのは久しぶりだった。

「小宮さん」

声をかけられて起き上がると、永野が立っていた。

「あ、ひさしぶり」

ちょっと的外れなあいさつを交わし二人は海に向かって座った。

「楽しかったね。来てよかった」

「ぼくも」

しばらく二人は、潮鳴りを聞きながらすわっていた。

「小宮さん変わったね。一年目と二年目ではえらい違い。五年になってもっと変わった思うけど」

「そうですか」

「木田先生がほめてたよ。あの子見違えるようになった言うて」

「そうかなあ」

内心、純一は思い当たる節があった。

一年目の自分は、頭でっかちで、生意気で、自己中だったと今では思える。いろいろ注意やアドバイスをしてくれる人に対し、聞き流して実行しない。あちこちから批判の声が耳に入って来る中で、これではいけないと思い、いくつかの点を自分でも改善するように努めたのだ。寮で北岡が助言してくれたことも大きかった。

「職場の中でまず信頼されるようにならなあかんのと違うか。いくら正しいことを言っているつもりでも、相手にされんかったらだめやろ」

これはこたえた。

文集などの学級の仕事より、遠足の栞や、テスト作成など学年全体の仕事を優先して早くやる、合同の体育の時などは、先に行ってマイクを準備し、後片付けを率先してやる。

研究会などで、あまり批判的なことを言わず、謙虚にふるまう。そうした努力を通じて、徐々に木田の信用を得るようになったのだ。プール指導やソフトボールにつきあい出したのも、このころからだった。

「小宮さんえらいわ。そうやって自分を見直して、がんばってるんやから」

「それほどでもないけど」

「これから組合もがんばるつもり」

「まだ、わかりません。けど、おかしいことはおかしいと言うて行かなあかんような気がします」

少し気負った言い方だったが、純一の心の中には、すでに北岡たちとの連帯感がしっかり根を下ろしていた。この二日間で、自分も彼らの仲間だという気持ちになっていたのだ。

「私な、正直言うて、一年目の小宮さん、そんなに間違ってるとは思ってなかったよ。上から抑えるんやのうて、子どもの言い分かて、いつもよう聞いてやってたやろ。木田先生かて、なんでも正しいこと言うてるとは限らへんし」

意外なうれしい言葉だった。

「あなたが、木田先生に一生懸命合わすようにしてるのを見て、えらいと思ったけど、ちょっとがっかりした。若いのに上向いてはるんかな思った時もあったし」

それはひどい、そんな見方もあるのか。自分が上向きだなどと考えたこともない。永野の行かなかったストにも参加しているのに、どうしてそんなことを思うのだろう。もしかしたら、永野は木田と実のところうまくいっていないのかもしれない。

永野は海の方を向いて言葉を続けた。

「けど、そうやないと分かった。この前署名集めに来た時、私は小宮さんが、筋を通す人なんやと分かった。うちの学校にもこんな人がいると思ってうれしかった」

思わず永野を見ると、目が合った。

「私な、一年目に、中村さんや野崎さんにすっかり嫌われてしまったんや」

「どうしてですか」

「言いたいこと言い過ぎたんやろね。新任で、女の子のくせに生意気やと思われたんや。私、仕事の要領も悪いし、人づきあいも下手やし。だから、あなたも、私のようになってほしくなかった」

そうなのか。それで、中村たちは、永野のことをあまり語らないのか。この人も苦労してきたのだ。純一は今までに感じなかったときめきのようなものを感じた。自分はこの人に信頼されている。星明りと波音のせいだろうか。演劇の中にいるような気持だった。

「行きましょか」

永野はつと立ち上がって、宿舎の方へ歩き始めた。純一は、もう少し話していたかったが、永野にはそんなロマンチックな気持ちはないのかもしれなかった。

ひんやりとした風が秋の訪れを感じさせる。このつどいが終われば、もうすぐ二学期だ。教師三年目の夏がまもなく行こうとしていた

「海のつどい」から帰って、すぐ、中村の呼び出しを受けて、学年打ち合わせが開かれた。秋の運動会で五年生が演じる演目についてだった。

「実はな、団体演技でやってみたいことがあるんや」

六年生は、もっぱら組み立て体操、そして五年生は民舞かダンスに取り組む。中村は何を考えているのだろう。

「国語の教材に『にれの街』という詩があるやろ。あれを、運動会で表現したいんや」

「にれの街」は、北海道の札幌の街が建設される様を描いた百田宗治の長編詩だ。五年生の後半に出てくる。

「前半は、自然の中で遊ぶ、うさぎやリスたちを身体表現させ、後半は、建設されていく学校や時計台を組立体操で表現させる。それを子どもたちの朗読を交えて表現するんや」

中村がこんなユニークな構想を持つとは驚きだったが、むろん純一に異存はない。秋永も賛成した。

「秋永さんには、バックを流れる音楽を選んで、編集してほしい。小宮君は朗読の指導。そしてぼくが、振り付けのプランを作る」

三人は、近日中に、秋永の家で曲の選定をすることを決めて、その日の会議は終わった。

「学芸会も、学年全体で取り組むことにしよう。小宮君、きみが中心になってくれ。秋永さんがいれば音楽劇ができる」


中村は、そんなことを言いながら、純一にはっぱをかけてきた。去年も四年生で劇をやっている。この三人ならもっと凄いものができるかもしれない。やってみよう、計画的に脚本を書いてみようと思った。


いよいよ新学期を前日に控えた夜、学級通信を書いていると、北岡が帰ってきた。

「山下さんたちが、突然配転された。不当配転や」

「どういうことですか」

「昨日付で、一一人中五人の先生が同和校へ強制配転されたんや。羽田さんは浪速区のS小や」


年度途中、しかも、本人の希望など何も聞かずに一方的に配転するなど、これまでの市教組の人事ではあり得なかった事だった。

「同和教育を口実に直轄人事に道を開く、市教組の裏切り行為や。絶対許されへん」


純一は、改めて身の引き締まる思いがした。いよいよ市教委が権力をふりかざし、一一人の中でも中心的な先生たちに屈服を迫ろうとしているのだ。おそらく彼らは、赴任先の学校で、連日攻撃にさらされるだろう。どうすればいいのだろうか。何ができるのだろうか。

明日から二学期という引き締まった気持ちに泥水をかけられるような、不快さと重苦しさがのしかかってきた。

6

新学期が始まり、またあわただしい日々が戻った。夏休みののんびり気分は失せ、汗をだらだら書きながらの授業が始まった。運動会練習も間もなく始まる。しばらく一一人の問題を忘れかけていた時、突然分会長の佐藤から声をかけられた。九月一七日に、市教組の各支部では、一斉に解放同盟と市教組の交流会が行われるから、そこへ出席してほしいというのだ。

「君は同和主坦やし、行ってもらうのが一番ええと思てな。ぼくもちょっと予定があるんで」

交流会というのは、つまり、解放同盟の主張を聞かされる会だろう。だが、ともかく話を聞くだけなら行ってもいい。少し緊張しながら純一は、行くことを承知した。

交流会は、二時から開かれる。純一は、午後の授業を秋永に頼んで、会場のK小学校に出かけた。開会前から講堂はほぼいっぱいになっている。前列には解放同盟の役員と、市教組南支部の役員がズラリと並んでいた。

市教組の役員から挨拶があり、山下文書の差別性や、同和教育の重要性や本人たちが反省しない以上、同和校で研修を深めてもらうのは当然の処置であり、今回は異例の処置として緊急の人事異動を認めたと言った話が続いた。

最後にただ一人ネクタイを締めた解放同盟の役員が、「労働者であろうと資本家であろうと、部落差別の本質に変わりはない。足を踏まれた我々は断固糾弾する権利がある。よく理解してほしい」と言った話をして、ひとまず主催者側の話は終わった。会場はしんとしている。

「それでは質疑討論を行います。意見のある方は挙手してください」

司会者の求めに応じて、手が上がった。北岡だ。

「今、そこのネクタイしめた方は労働者であろうと資本家であろうと差別に変わりはない、と言われましたが、ぼくはそれは間違っていると思います。労働者は、部落民を差別して、何も得をする階級ではありません。差別をしなければやっていけない階級ではないわけですね。では、なぜいろいろ差別事件が起こるかと言えば、それは、日本を支配しているアメリカ帝国主義と日本独占資本が、その支配を続けるために、そう言う間違った教育をしてきた結果なのです。だから、支配階級の差別には、断固としてたたかうが、労働者の差別には、話し合いと説得で臨むべきだと思います」

不思議なくらい会場は静まり返っている。ヤジもない。純一は緊張と興奮で体が震えてきた。北岡は、ますます冷静に話し続ける。

「ぼくが知っている東大阪の解放同盟の人たちは、ある職場で労働者の差別発言があったとき、あなたの差別は改めてもらいたいが、あなたの働く権利は、絶対守ると言ったそうです。これが本当の部落解放運動の姿だと思います。ところが、一一人の先生方に対して、今やっていることは何でしょう。教育委員会に首切りを要求し、権力の力を借りて糾弾闘争をやっているやないですか。そんなことで本当に差別がなくなるでしょうか。もしぼくの意見にまちがいがあれば、批判していただきたいと思います。」

北岡が座ると同時に、サッと手が上がった。関谷だ。

「今の発言を聞いて感動しました。ぼくも今の先生が言われたように、解放運動は、労働者の立場に立ち、連帯して行われるべきだと思います。圧倒的な国民と団結して行われる運動でなければ、部落解放も実現しないと思います」

拍手はなかった。しかし、反論もヤジもないまま、なんとなく会は終わった。会場の人たちはほとんど、各学校から割り当てられるようにしてきた人たちなのだろう。北岡の発言に反論できる人はいなかったし、解放同盟の幹部も全く反論しなかった。ともかく、解放同盟や市教組本部の言い分を一方的に宣伝する場としては失敗に終わったことは明らかだった。

一〇月第一日曜日に運動会が行われ、五年生の演じた「にれの街」は好評のうちに終わった。少しナレーションが聞き取りにくかったが、うさぎやリスに扮した子どもたちのいきいきした動きや、次々と街が組み立てられていく表現は参観者の注目を浴びた。最後に時計台が組み立てられ、音楽と共に完成した時は、ひときわ大きな拍手がおこり、終わってからの反省会でも評価が高かった。学年の結束もさらに固まった。

運動会が終わると、少し落ち着いて学習に取り組む季節となる。純一も、みっちり教材研究に取り組もうと思っていた矢先、また、大きく心を揺るがすことが起きた。一〇月三一日に市教組の臨時大会が開かれることになったのだ。大会議案では「一一・一三の行動に向けて団結を図るための大会」と書いてあるが、臨時大会要求署名に押されて開く大会であることは明らかだった。当然一一人の組合員の権利停止解除の要求が出され、激論となるだろう。

もはや、北岡に頼まれるまでもない。今度こそ出席したい。代議員に立候補しよう。純一は分会長の佐藤に行きたいと申し出た。

佐藤はあっさりと、どうぞと言った後で、思いがけないことを言いだした。

「行くのはええけど、君がどういう立場で行くのか決めていってほしい。執行部の案に賛成か反対か大会前の分会会議で決めるから、それに従って行動してほしい」

「自分の判断ではあかんのですか」

「そらそうや。分会を代表して行くんやから、分会のみなさんの意見を持って行ってもらわな困る」

中村に言われた時と同じだった。結局この人も、自分を抑えつけようというのだ。分会会議で決を採れば、執行部賛成派が多数を占めるだろう。だが、いまさら後へは引けなかった。

「わかりました」

その場の勢いでそう言い切って、純一はその場を離れた。だが、心の中は波打っていた。もし、執行部原案に賛成を義務づけられたらどうなる。挙手しなければならない。無視したら、だれかに必ず報告され追及されるだろう。意志に反する挙手をするくらいなら行かない方がましだ。だが、いまさら引っ込みがつかない。しばらく純一は仕事が手に着かなかった。

その晩、純一は北岡に相談した。

「よう代議員申し出てくれたな、ありがとう」

北岡は、純一に握手を求めた。

「本来、大会でどういう態度をとるかは、代議員の権利や。けど、分責がそういうなら、がんばって職場の多数を獲得するしかない」

「とても無理です。ぼくには」

「わかる」

北岡はうなずいたが、引き下がらなかった。

「総当たりは無理でも、過半数の支持を得ればいい。話しやすい人から話していけば。職場外にも、つながりのある人がおるやろし、福山さんや関谷さんから、電話で訴えてもらうこともできる。がんばってくれ」

おそらく、北岡たちは、組織的に代議員獲得の運動を進めているのだろう。

この前の北岡の発言も、準備していなくてはできない。きっと北岡は、この運動の重要な立場にあるのだろう。そんなことを聞いてみたい気がしたが、聞くのは怖かった。もし聞けば、もっとつっこんで協力を求められそうだが、今の自分には、それを拒む理由がなかった。彼らが正しいことはわかっている。この事件が起きてからは、ますますそう思える。「海のつどい」に行って、自分も仲間だと思ってもいる。足を踏み出すのに必要なのは勇気だけだった。

そうはいっても、職場の中で、どんな時でも、自分の考えをひるまずに主張したりできるのか。その自信はなかった。ともかく、職場の中で、少しでも声をかけていこう。それはしなければならないと思った。

純一は、翌日、学年打ち合わせが終わった後、思い切って切り出した。

大会開催要求署名が受け入れられ、市教組臨時大会が開かれる。そこへ代議員として行き、権利停止解除に賛成したいということを話した。

「佐藤さん、なんて言うた」

「行くのはいいが、分会として態度を決めるから、その立場でいくようにと言われました」

中村は少し考え込んだ。

「五人の先生、異動させられたんやろ」

秋永がゆっくりと言いだした。

「ぼくな、小学生てほんまにかわいい、転勤してきてよかったと毎日思ってるんやけどな。突然、自分の指導していた子どもらと引き離された五人の先生は、ほんまに気の毒やし、なんとかならんのかと思う。権利停止も早くやめてもらいたい」

心強い言葉だった。中村もうなずいた。

「秋永さんの言うのはようわかる。しかし、差別された言うて怒っている人の気持ちも大事やからな」

差別か差別でないかは意見が分かれている。決めつけてほしくない。

「ぼくは差別やないと思っています」

純一は思わず言い切った。

「それは君の考えやろ。差別されたと思っている人がいるいうことが重要なんと違うか」

中村の言い方は、よくニュースで見る。足を踏まれたものが差別だと言ったら差別なのだという主張だ。

「長い間差別され続けた来た人たちの気持ちは、しょせんぼくらにはわからん。こちらは何げなく言うたつもりでも、相手を傷つけることがある。君は絶対そんなことがないと言えるか」

「それは、……ないとは言えませんが」

「だから、この問題は軽々しくは言えんのや」

中村自身も、過去にそんな経験があるのかもしれない。純一が黙って考え込んでいると、秋永がぽつりと言った。

「やはり物事は、きちんとした基準がいるんと違いますかね。感情的なことだけでなく、はっきりした基準が」

「それは難しいんと違うか。心の問題やからな」

「確かにそうですね。個人と個人の問題だけならそうですね。けど、権利停止や異動や言うて、個人の人生に不利益があるようなことは、ちゃんと法律的な基準の下で判断されるべきと違いますか」

「基準か……」

中村も考えこんでいる。純一は差別という問題をここまでつっこんで議論したことはなかった。自分の考えはまだまだ浅いのだろうか。

秋永が、笑顔で言いだした。

「差別か差別でないかの議論は置いときましょう。問題は、権利停止がええかどうかや。差別と思う人の中にも、権利停止はやり過ぎという人もいるはずですやろ」

「わかってる。ぼくもその一人や」

中村は、あっさり秋永に応じた。

「権利停止解除には賛成する。けど、小宮君も、あんまり突っ走らんとき。一人ひとりが自分で判断したらええんや。無理に人を説得しようとすると、かえって反発されるで」

「はい」

純一は素直にうなずいた。

それから一週間、純一は教室を回り、あるいは帰り道、永野、木田をはじめ、八人の教員に訴えた。職員室ではなかなか話ができなかった。半分くらいの組合員にしか話ができなかったが、これが精いっぱいだった。

中には、あっさりと自分もいっしょの考えやと言ってくれる人もいたが、わかった、考えとく、と言って態度を明らかにしない人がほとんどだった。

これで自分ははっきり一一人の側に立って動いているということが明らかになってしまった。それは共産党系と見られるのに等しかった。だが、不思議と恐れはなかった。今の自分は、学級がうまくいっているし、学年も結束している。もう新任時代とは違うと言った自負もあった。永野が、自分も一人だけ声をかけて応援してもらうと言ってくれたのもうれしかった。

7

いよいよ分会会議が行われた。佐藤が、臨時大会の開催と、そこで権利停止問題が審議されることを説明し、分会の態度と、代議員を決めたいと言って、意思表示のための用紙を配った。

大会で審議される、一一人の組合員の権利停止解除という提案に賛成か反対かを問うものだった。本来なら、配る前に議論があってしかるべきだったし、純一も何か言わなければいけないと思って覚悟はしていた。しかし、佐藤は一切の議論を省略し、さっさと用紙を配った。佐藤がどういう意見なのかわからなかったが、早く終わることを歓迎する空気の中で、純一も何も言えなかった。

用紙が回収され、佐藤が分別し始めた。どうなるのだろうか。心臓がどきどきと波打ち、じっとしていられなくなった。もっと勇気を出してみんなに訴えればよかった。負けたらどうしよう。負けたら代議員を辞退するしかない。行けるわけがない。

「結果を報告します」

佐藤は淡々と開票結果を述べた。

「権利停止解除の提案に賛成の方一六、反対の方五、白票二という結果でした。分会としてはこの結果で大会に臨みます。なお、代議員になりたいと小宮先生から希望がありましたので、他に希望者がなければ、小宮先生に行ってもらいたいと思います。よろしいですか」

ぱちぱちとまばらな拍手が起こった。純一は、思わず立ち上がって一礼した。まだ信じられない思いだった。勝ったのだ。やりとげたのだ。

会議が終わった後、純一は佐藤の傍に行き、あいさつした。

「ありがとうございました」

「うん、これで君もすっきりした気持ちで行けるわけや。まあ、がんばってきて」

佐藤はかすかに笑みを浮かべていた。それが好意なのか皮肉なのか、もうひとつわかりかねたが、今の純一にはどちらでもよかった。心が激しく高揚していた。

一〇月三一日、臨時大会がＳ小学校の講堂で開かれた。執行部提案に対し、何本か修正案が出され、その中には一一人の権利停止を解除するという提案が含まれている。提案に立ったのは福山だった。傍聴席に陣取った百五〇名を超える人たちの中には解放同盟とおぼしき一団がいる。福山が登壇すると傍聴席からは、猛烈なヤジが飛んだ。

だが、会場からも反撃のヤジが飛んだ。

「ここは解同の集会とちがうぞ。組合員以外は黙っとれ」

拍手とヤジで議場が騒然とする中で、福山は提案を始めた。

「配転された松岡満さんは、次のように語っています。私は、八月三〇日夕方、校長より電話で配転を知らされました。九月一日、久しぶりに会った子どもたちと一時間半ほどで別れなければなりませんでした。『先生なんで行くのや』『行かんといて』『いつ帰って来るの』。あまりの突然さに子どもたちもびっくりしました。『誰が行かすんや』『行かせない』。ついには泣き出す子もいました。このように、子どもたちと生木を裂くように引き裂かれた松岡さんは、南東支部青年部長です。それが南支部の職場に強制配転され、机も与えられず、授業もなく補欠にも行けないのです。組合規約にもないのに権利停止され、組合員として、教師としての権利を奪われていることを、みなさん、どう思われますか」

会場はようやく静かになった。

「山下文書が差別文書と思っておられる方の中にも、権利停止は不当だと思っておられる方があるでしょう。さらに権利停止が妥当だと思っておられる方も、六ヵ月経った今では、組合の団結のために、権利停止を解くべきだと思われるのではないでしょうか」

福山の力を振り絞った訴えは、大きな拍手をよんだ。

修正案賛成討論に立ったのは、福山と同じ、大会開催呼びかけ人の桑山だった。

「代議員のみなさん。この大会が、さまざまな妨害を乗り越えて、勇気と良識ある組合員の声によって開催されたことを、みんなで喜びあいたいと思います」

拍手も起きたが、同時に傍聴席から激しいヤジが飛んだ。発言が聞き取れないほどだ。

執行部の人だろうか。議場内を我が物顔に歩き回り、発言中の写真を撮っている。後ろの席で、「あれ解放同盟の人や」と話している声が聞こえた時、純一は怒りがこみ上げ、近づいてきてカメラを向けた男に思わず叫んだ。

「勝手に写真撮るな！」

男はじろっと純一をにらみ、シャッターを切った。

「撮るな言うたやろ！」

周りからも、声が上がった。男は何か言いながらその場を離れた。

後ろの席から、「お前、どこの誰や」と、声が飛んだ。純一は完全に興奮していた。ふりかえって「自分の名前から言え！」と叫ぶと「お前も日共か」「こら差別者」などの声が飛んできた。

ひとつ前に座っていた北岡が立ち上がって彼らをにらみつけた。

「黙って発言を聞け！　うるさいぞ」

その時ちょうど桑山の発言に対する拍手が起こった。純一も拍手を送った。

こうしてヤジと拍手が交錯する中で、桑山は堂々と討論を続けた。会場の雰囲気は二分されている。もしかしたら、修正案が通るのではないだろうか。純一の期待は膨らんだ。

いくつかの修正案は代議員数四一三人中一一〇名程度の賛成で次々と否決されたが、権利停止問題だけは無記名投票による採決が行われる。立場上挙手で賛成は出来なくても、無記名投票なら賛成者が増えるかもしれない。職場でも予想以上に支持を得たのだ。勝ってほしい。開票を待って、会場は緊張感に包まれた。

議長が出てきた。

「投票総数四一三、修正案賛成一六五。よって修正案は否決されました」

勝ち誇った歓声と拍手が起こった。だめだ。過半数にはまだ届かなかったのだ。まだまだ解放同盟や市教委や組合本部支持の力は強いのだ。

いつの日か勝利できる日は来るのだろうか。職場で勝っただけに、大会でも勝てると思っていた純一の落胆は大きかった。

一人で会場を後にした純一は、地下鉄をT駅で下りて、トガンスの前に立った。コーヒーでも飲んで行こうかと思って店に入ると、満席だった。しかたなく店を出たが、気持ちの整理がつかない。どこか違う店に行こうか。ふと地下鉄の方を見ると、北岡と羽田が連れ立って上がってきた。二人は、純一を見つけて駆け寄ってきた。

「小宮君、ありがとう。職場で大奮闘してくれたこと、北岡君に聞かせてもらった。うれしかった」

羽田に握手を求められて、純一は少し気が休まった。

「残念でした。負けると思われへんかった」

純一の言葉に、羽田は首を横に振った。

「わかってたんや。まだ、ぼくらの力は足らん。もっと、支持を広げていかんと、なかなか勝たれへん。でも、四割の支持は大きな励ましや」

羽田は笑顔を見せた。この人はくじけていない。子どもたちと切り離され、厳しい職場に放り込まれ、明日の見えないたたかいを続けているのに、笑顔を絶やさない。

二人と握手しながら、純一は吹きつけて来る風を感じた。今日から風に向かって立つ。ふとそんな思いが純一の心をよぎった。

8

その日からはや一年が過ぎた。

純一たち三人は、五年から六年担任へと持ち上がり、競い合うようにして教育実践に励んでいる。純一は、青年部の教研集会や演劇教育のサークルに加わり、学んだことを生かして、音読の授業や、詩の指導、学芸会での劇づくりなどに取り組んでいた。

職場の空気もかなり変わった。純一は、南支部の青年部常任委員になり、分会長にも選出されていた。毎月一回の分会会議もきちんと開き、職場の要求も出し合い、校長交渉ができるまでになっている。新任女性教員が二人来たことも、職場を明るくしていた。永野も二人と仲よくなり、いっしょによく喫茶店へ行っているようだ。

一方、同和問題をめぐる組合対立状況はますます激しさを加えていた。

一人が他府県へ転勤したので一〇人となった教師たちは、権利停止されたまま、それぞれ配転された職場で厳しいたたかいを続けている。さらにあちこちの職場では、差別者と言われるのを恐れて、物が言えなくなっている。「ハンカチ、鼻紙を持ってきなさい」と言っても、それができない家庭に負担をかけるから差別だと言われる始末だ。純一の職場でも、教務主任や教頭が、必要以上に言葉に注意している様子がわかる。学年、学級通信や文集のチェックも強まっている。本当に差別をなくすということとは無関係な言葉のチェックが進んでいるのだ。以前、演劇を見たときに北岡が危惧していたように同和教育に名をかりた教職員の支配統制が進んでいることは明らかだった。

しかし、その一方で、民主主義を守ってたたかう仲間の輪も広がっていた。

部落解放同盟を正常化しようという連絡会議が結成されたり、自主的民主的な同和教育をめざすサークルが作られたりもした。春の知事選挙で黒田革新府政が誕生したり、革新統一をめざす力も前進している。一〇人を守るたたかいが勝利するための大きな節目が近づきつつある。それは次の市教組臨時大会だった。

純一は、青年部の役員会でこの間の劇的に変化しつつある市教組の状況を、くわしく聞き、一二月に開かれる市教組臨時大会に備えていた。その中には、一〇人の権利停止を解除する案も含まれている。

市教組本部青年部長に就任した福山から聞いた話では、市教組本部の中で意見が分かれ、大林委員長は、中央委員会の席上で解放同盟に批判的な立場を表明したとのことだ。それは大きな変化だった。

「大林さんは、市教組に対する解同の介入を暴露し、組員の首切りを要求するような八田共闘会議とは同調できないと言い切った。執行部の多数派としては、同和校の人事を充足させるための直轄人事には反対していく方向なんや」

福山の話は驚きだった。

「市教組本部は、一〇人の権利停止も解除するつもりになっていた。それが提案される大会を妨害するために、今解同支持派の連中は、猛烈に本部と大林委員長を攻撃している。石川たち一部の執行委員や南東などの支部執行部も同調している」

福山は、各支部のニュースを見せながら、その実態を説明した。

「こうした事態になったのは、我々のたたかいの反映やし、これまでの奮闘に確信を持っていいと思う。ただし彼らは、大会を開かせないように、あらゆる手を使うと思う。もしかしたら、実力行使に出てくるかもしれん」

福山の予想は当たっていた。

まもなく開かれることになっていたこの大会が解放同盟幹部や一部の組合員の圧力で開催中止に追い込まれたのだ。大会中止の通知が来ると、それに抗議し、大会開催を求める個人ビラが、次々と出された。純一も職場で、元本部執行委員の崎山氏が出したビラを配った。

崎山ビラは、本部役員たち七名が、八田教育共闘会議に呼ばれ、一昼夜に及ぶ暴力的な糾弾を受け、屈服させられたということを指摘し、不当な介入に屈せず、市教組の団結を守るためにも、大会の開催をと訴えている。

このビラを皮切りに、開催要求運動が激しく盛り上がり、日教組が調停案を出すに至った。それは、権利停止を取り下げる代わりに、一〇人の教員たちの中でもとりわけ暴力的な糾弾を受けた岡崎氏ら三名が、解放同盟に対する告訴を取り下げることというものだった。取り下げない場合には、五月の定期大会で再検討するとなっている。市教組執行部は、この提案を受け入れ、原案として臨時大会を開催することを決めたのだった。

大会は、年明けの一月一九日、中小企業会館で開催された。純一は、分会会議で代議員に自ら立候補を表明し、全権を委任されて大会に参加することになった。

執行部の提案に対しては、崎山氏が、もともとの執行部案通り、無条件で権利停止を解除するよう修正案を出すことになっている。原案か修正案支持かの対立と同時に、原案すら認めないグループも少なからずいる。激しい大会になることは確実だった。

一〇時前に会場に着くと、「反戦」などのヘルメットをかぶり、顔をタオルで隠した三〇名ぐらいの集団が座りこんでいる。反戦グループと呼ばれる、解放同盟と共に運動している教職員だ。

「臨時大会粉砕」

「大林を除名せよ」

純一たち大会参加者の中からも「帰れ、帰れ」のシュプレヒコールが起こり、会場周辺は騒然となった。

約一時間遅れて、彼らが退去し、ようやく会場に入ると、二階傍聴席に陣取った人たちから、今度は垂れ幕が下げられ、ビラがばらまかれ、のべつ幕なしのヤジが飛んだ。同和校の組合員を中心とする一〇〇人を超える人たちだった。

ようやく大会が開催したものの、槇村日教組書記長、東田大教組委員長、大林委員長らのあいさつにも、聞き取れないくらいのヤジが飛ぶ。

「やめろ差別者、言う資格なし」

「日共がそんなに怖いんか」

「腐敗分子、堕落分子、暴力分子」

「統一と団結で差別しとるんだ」

純一にとっては、かなり意味不明の野次だった。何が彼らをこんな行動に駆り立てているのだろう。そして、なぜ、東田氏や大杉氏にまで、そんなに口汚く攻撃するのだろう。

崎山氏が、激しいヤジの中、修正案提案に立った。

「J中分会の崎山です。私たちの提案は、一言で言えば、岡崎君ら一〇名の権利停止を、本大会で直ちに無条件で解除すべきだと言うことであります」

純一たちは強く拍手を送った。

「これは昨年一二月に本部が開催を予定していた臨時大会での執行部原案と全く同じ内容であります。ところがこの臨時大会は、解同一部幹部や、その指導下にある不心得な組合員の暴力的妨害にあって、不当にも無視されてしまったのであります。その間の経過を考慮し、日教組の指導を受け入れて本大会に出された原案が『玉野君らの権利停止を五ヵ月間猶予する。玉野君らは解同幹部に対して行った告訴を取り下げる。取り下げない場合は、権利停止解除を再検討する。』という三つの条件つき解除となっております。この後退した案を認めることは、一二〇〇〇組合員の組織として暴力に屈服することになるのであります」

拍手とヤジがぶつかり合う。

「また、岡崎君らの権利停止は、すでに行われてから一年八ヵ月、これ以上継続する人は、山下君の挨拶状を差別と認める人も、過酷にすぎると考えておられるはずであります。これ以上権利停止解除を五ヵ月間引き延ばさなければならない理由は全くありません。とりわけ、告訴取り下げを条件にすることは断じて許せません。岡崎君らは、決して安易に解同幹部を告訴したものではありません。『差別者であるという一方的な決めつけをやめてくれ。暴力をふるうことはやめてくれ。民主的に話し合おう』と要求したにもかかわらず、これを無視されたのであります。法治国家における個人の権利に属する告訴の問題を、大会決定で押しつぶすことは決してしてはならないことであります」

「そうだ」の声とともに、圧倒するような拍手がわき上がった。

「会場のみなさん、組織内外からの圧力や妨害は、確かに眼に余るものがあります。しかし、真実と正義を子どもたちに教える教師として、勇気を持って真の市教組の統一と団結を守り抜こうではありませんか。みなさんの勇気と良識を信じて、私の修正案提案を終わります」

崎山提案の後、三時間近い議論が続いた。議論では絶対勝っている。改めて純一は確信した。あの激しいヤジと妨害は、筋の通った議論への恐怖なのだ。その恐れが日共系と呼ばれる人たちへの敵意となるのだ。

だが、問題は数だ。果たしてどちらの数が多いのか。それは純一には全く見当がつかなかった。早く結果を知りたかった。


討論が終わると、修正案は、提案者たちの要求によって、無記名投票となった。議事は中断され、純一たちは舞台袖での開票作業を、固唾をのんで待ち続けた。長い緊張の後、開票作業に加わっていた一人が、丸印を作って出てきた。勝ったのか？

「三九六票中賛成二〇三票、修正案は可決されました」

議長が宣言した。とたんにわれんばかりの歓声と拍手が会場を包んだ。

純一の胸は熱くなった。涙をぬぐっている人もいる。ついに、自分たちは勝利したのだ。いっしょに歩んできてよかった。あの敗北した時の悔しさ、そして不屈の闘志を秘めた羽田の笑顔。

それは純一をここまで歩かせた。そしてこれからも歩いていくのだ。


ふと気がつくと会場は静かになっていた。今までやじっていた人たちの大半が退場して行ったのだ。だが、議事はまだたんたんと続いている。

これから、組合そのものを民主化するたたかいが始まるだろう。まもなく行なわれる役員選挙がその第一歩だ。

自分も支部青年部副部長に立候補する予定だ。これまでとは違って激しい選挙になるだろう。卒業式が近づく中での厳しい選挙になるだろう。

「忙しくなるやろな」

思わず純一はつぶやいた。

第二章　成長への歩み

1

　教師八年目の春、初めての転勤辞令を受けた純一は、その日の午後、赴任先のＳ区Ｙ小学校へと向かった。ＪＲ天王寺駅から阪和線の各停に乗り、六つ目のＳ駅で降り立つ。ホームからは隣接した大学のキャンパスがたっぷりとした緑の中で広がっている。改札を出て、大学とは反対の方向へ五分ばかり歩くと、Ｙ小学校が見えてきた。ここＹ小は、近隣の三校から分離独立してできた学校で、まだ一〇年と経っていない新しい学校だ。校門をくぐると広々とした運動場で樹木も多い。

　周りは高級とまではいかないが落ち着いた住宅街だ。近くには私立高校などもあり文教地帯と言った趣がある。校門前にスナックや飲み屋が並んでいたこれまでの勤務校とはずいぶん違った環境だ。ここでどんな教師生活が待っているのかわからないが、この一年間の苦労を思うと、不安より希望の方が大きかった。心機一転して出直したかった。

校長室に入ると、校長と教頭が迎えてくれた。校長の黒木はかなりの年輩に見える。白髪、面長で穏やかそうだが、意外に頑固かもしれない。少し笑みを浮かべたいかにも才気ありげな教頭は、実質的に学校を仕切っているのだろうか。

校長からまずこれを読むようにと言って手渡された研究紀要を見て、純一は驚いた。なんと、この学校には通知表がないのだ。

「どういう考えで、通知表を廃止したか、研究の経過を書いてあるので、よく読んでみてください」

校長の言葉をすぐ教頭が引き取った。

「もちろん子どもたちの評価はします。それぞれの担任が自由に資料を準備し、学期末の懇談会は一人三〇分以上やってもらいます。学年末には、子どもたち一人ひとりに手紙を書くことにしています」

校長室を出てから、学校の中を見学させてもらったが、純一には驚きの連続だった。ちょうど下校し始める子どもたちは、全く自由な服装だった。帽子もかぶっていない。名札もつけていない。これまで抱いていた公立小学校の概念とはずいぶん違っていた。

だが、荒れているという印象はなかった。子どもたちは、見知らぬ自分にもあいさつしてくれるし、楽しそうに帰って行く。もしかして、自分はとてもいい職場に来たのかもしれない。ここで元気だった自分を取り戻せるかもしれない。

純一は、天王寺まで戻ると、駅ビル五階の喫茶店に入った。窓から天王寺公園や通天閣が見える。ここは気に入りの場所だった。土曜日の午後、職場を出て、この店で街を見下ろしながらコーヒーを飲み、タバコを吸うと、何とも言えない解放感に浸れたのだ。

それは、言い換えれば一人になる時間を求めていたということだった。南西教職員寮は二人部屋で一人だけになることは少ない。職場の仲間との付き合いも楽しいことは楽しいが、負担に感じることもある。組合活動に足を踏み入れ、役員選挙で年中たたかっていると、いつも周りの人間を味方につけなくてはいけないという意識がつきまとうのだ。

純一は、タバコをくゆらせながら、いつとはなしにこの一年間のことをふり返っていた。

一九六八年、大阪市の教員になって一年目の終りに、大阪市教組の南東支部役員選挙で、山下候補が出したあいさつ状が、解放同盟八田支部によって差別文書とされた、いわゆる「八田問題」の渦に、純一は一歩一歩関わってきた。

組合活動はどうあるべきなのか、今市教委がすすめている「同和教育」は、本当にそれでいいのか、そうした問題を、同じ東西寮の人たちや職場の中で議論し、あるいは学び、次第に自分の立場が定まって来た。それは、山下文書は教師の労働条件改善を訴えたもので、決して差別文書ではないと声を上げた人たちへの連帯だった。差別者と呼ばれて激しい糾弾にさらされ、市教組からは組合員としての権利を停止され、年度途中で配転された山下教諭たちを支え、民主的な組合を作ろうとする人たちの側に立つことだった。

市教組を二分したこの問題で、山下氏ら一一人の教職員を支える人たちは、臨時大会開催を要求し、権利停止解除を勝ち取った。そしてそれに続く役員選挙では、その運動の先頭に立ち、組合の政党支持に反対し、革新統一を主張していた活動家の崎山や福山らが当選し、市教組執行部は大きく変化した。それに続いて、大阪府全体の教職員組合である大教組も、革新統一の立場に変化をとげたのだ。

こうした流れの中で、教員三年目に分会長になり、職場活動を展開し、所属する南支部の青年部役員にもなった純一には、ある時期、活動することが楽しくて毎日が充実していた。教育実践も順調に進み、大学時代から取り組んできた演劇の指導や国語の授業で、一定の成果も収めることができた。

しかし、何かと頼りにしていた先輩教員の異動に伴い、二年前から徐々に雰囲気が変化していった。

分会の活動も停滞していった。分会会議を開くと、市教組本部の方針に批判的な意見が相次いだ。南支部の執行部は本部の方針にことごとく反対している。それを支持する分会員も増えている。そんな雰囲気の中で行われた市教組大会代議員を選ぶ分会での選挙に純一は敗れた。当選したのは、その年転勤してきた同世代の女性教員で、「解放教育」とよばれるようになった「同和教育」の実践家だった。

「いつも同じ人でなく、いろいろな人が代議員になった方がいいと思います」という、あまり中身の議論のない意見を述べた相手候補に敗れ、分会長でありながら代議員になれなかったことは耐え難い屈辱感だった。自分のやって来たことが信任されなかったという思いが何度も心をよぎり、気力をそいだ。しかもこの大会では、執行部の方針を全面的に否定する修正案が通り、崎山たち執行部は苦しい立場に立った。自分の敗北もその要因となったという思いも重くのしかかった。

教育実践でも失敗が続いた。思い通りに授業が進まず、かっとして子どもを叩いてしまい、謝罪してやっと許してもらうというようなあやまちも犯した。そんな自分が情けなかった。

「もう潮時だ。転勤しよう」

長く職場にとどまるつもりだった思いを捨て、純一は八年目にして転勤希望を出した。転勤すればどの支部に行くかわからない。従って南支部の役員にも立候補はできない。純一は青年部の仲間たちに涙ながら詫び、立候補を辞退した。

その年に行われた本部役員選挙で崎山たちは敗北し、三年間続いた執行部の座を明け渡すことになった。いったんは敗れた人たちの巻き返しが成功したのだ。こうして教職員組合運動のあり方をめぐり、大阪市教組では、激しいせめぎ合いがいつ果てるともなく続いていた。

とりわけ同和教育をめぐる問題は、いたるところで職場に亀裂をもたらした。組合の権利停止は解除されたものの、「差別者」よばわりに抗し、節を曲げない山下氏らは教育研究所に配転され、学校現場から切り離された研修の日々を強制されることになった。

「同和教育推進校」には、一般校とはかけ離れた多くの教職員が配置され、超デラックスな校舎が次々と建設された。府・市教委によって全職場に無償配布された解放教育読本『にんげん』の使用が強調され、その実践が求められた。

これらの不条理とのたたかいからひとまず逃れたいような気持で、純一は転勤したのだった。

その夜、東西寮に帰ると、電話の呼び出しがあった。Y小学校の石岡からだった。石岡は、純一より三歳ほど年上だ。他支部で青年部長を務めていた活動家で、昨年から南支部に来ていた。

「小宮君。よう来てくれたな、いっしょに文学やろ。文学や」

少し酔っているような口調だった。

「はあ、よろしくお願いします」

純一は神妙に答えた。

「うちはええ職場やで。あんたが来てくれたら、もっとようなる。何年希望や」

「一応五年と言いました」

「そうか、そしたらそうなるわ。ぼくは今度六年や。授業見せあお」

石岡は、純一の転勤を喜んでいると見えて、とめどなくしゃべった。少し辟易したが、歓迎されていることはありがたかった。組合の話ではなく、教育活動の話題に終始したのも、今の純一には救われる思いだった。

新たな職場での新学期を前にして、純一は希望通り五年生の担任になった。学年は五クラスある。学年主任は、純一と同じく転勤してきたベテラン男性教員の田口、後は女性三人の学年だ。

最初の学年打ち合わせで、田口は、ゆっくり言葉を選びながら語った。

「ぼくも、転勤してきた新参者です。よろしくお願いします。仲よくしてください」

みんなが、こちらこそとあいさつすると、田口は言葉を続けた。

「みなさん、組合のことではそれぞれ自分の主張いうか考えがあるやろうけど、学年ではそれで角突き合わせるんやのうて、子どものこと第一に仲よくやって行きたい。どうですか」

女性たちもうなずいている。

この人はきっと対立の激しい職場で苦労してきたのに違いない。そのしみじみした話しぶりを聞きながら、純一は思った。

翌日は始業式だった。

純一は、五年二組の教室に入り、子どもたちと対面すると、一冊の本を取り出した。それは「朗読詩集」という本だった。

「今から詩を読みます。聞いてね」

純一が選んだ詩は、これまで何度か学年の始まりに読んだ、井上靖の「出発」という詩だった。

驚いたことに読み終わると子どもたちが拍手してくれた。なんと素直な子どもたちだ。

「先生は詩が好きです。文学や、演劇も大好きです。これからきみたちと、たくさん本を読んだり、語り合ったりしていきたい。毎朝詩を一つ読んで、一日を始めたいと思っています。」

子どもたちはじっと純一の顔を見て話を聞いている。うなずいている子もいる。やれる。きっといいクラスが作れる。純一の心に、ここしばらくなかった喜びが湧いてきた。

2

「うちの「すすめる会」で明日集まろうと思てるんや。ぜひ来てくれ」

新学期が始まって、一週間目の土曜日、純一は石岡からそう声をかけられた。

「すすめる会」というのは、役員選挙で崎山達を支持するグループが母体となって作られた会だった。正式名称は「職場の民主化と革新統一をすすめる会」という。事務所を構え、ニュースも発行している大きな組織で、活発に活動している職場もあった。

純一はちょっと身構える気分だった。今は学級づくりや授業準備で頭がいっぱいで、あまり組合活動に気持ちが向いていなかったのだ。

「きみの歓迎会も兼ねて集まるんや。ゆっくり話しあお」

石岡は、屈託のない表情だった。

翌日の午後、純一は、メンバーの一人、中畑の家に出向いた。大和川を越えてすぐのA駅から歩いて五分ほど、六畳と四畳半、台所という文化住宅だ。純一が入って行くと、Tシャツに短パン姿の中畑がうれしそうに迎えてくれた。

部屋にはすでに石岡、倉本、三宅と男性が三人、岩田、岸上と女性二人が座っている。

岩田だけは少し年上に見えるが、あとはいずれも青年部に属する年齢の人たちだ。中には、組合の集会などで顔を見知った者もいたが、こうして膝を交えて語り合うのは初めてだった。

中畑が入れてくれたインスタントコーヒーを飲みながら、みんながひとあたり自己紹介した後、純一は、子どもの様子を話し、いい職場に来れてよかった。今後ともよろしくお願いしますとあいさつした。うなずきながら聞いていた石岡が軽く手を上げて話し始めた。

「確かに、うちは管理的ではない。自由な雰囲気で、みんなのびのびやってるように見えるけど、意見の対立が激しく、なかなか何も決まらないことも多い。ぼくは去年から分会長やってるけど、決して多数派ではない。代議員選挙では負けるかもしれんと思うんや」

それは純一の苦い経験でもあった。

石岡の話によると、職場には同和校で勤務していたものも多く、解放教育を推進しようという勢力が強い。校長もあと一年で定年だし、管理職が変われば職場の雰囲気もがらりと変わる恐れがあるとのことだ。

「すると、解放教育の影響で通知表がなくなったんですか」

純一が最も聞きたいことだった。通知表をやめるなどというのは理解しがたい話なのだ。

「いや、特にそれはないと思う。通知表という形式より、懇談を重視しようということや。ぼくもとりわけ反対はしなかった」

「けど、懇談資料はどうするんです」

「一応、担任が何らかの資料は作る。けど、形式は自由や。だから小宮君が毎日子どもを見ていて、大事に思ったことを資料にすればええんや」

まだ、納得がいかなかった。

「私な、一週間も懇談会するて、しんどいなあと思ったけど、意外とこれはええという気もするんよ。ふだんから子どものことをしっかり見るようになったし」

眼をぱちぱちさせながら語る岩田の言葉に代表されるように、彼らは、通知表廃止に肯定的だった。ともかく、この学校に来たからには、それでやって行くしかないのだ。

その後、話題はいろいろと移ったが、さしあたり市教組本部と支部の大会代議員に誰が立候補するかという話になった。本部は石岡が立候補するとして、支部の大会は、代議員数が八人ある。

「立候補を募れば、彼らも何人か希望してくるやろ。対立選挙はやめて、四人ずつでもええと思う。それ以上出てきたら選挙や」

これが石岡の意見だった。純一は当然自分もその四人の中に入ると思っていたが、意外なことに石岡は純一を外した。

「ぼくと倉本君、岩田さん、岸上さんでどうやろ。小宮君は、来たばっかりやからな、今年は辞めといたほうがええ」

岩田がうなずいた。

「そやね、みんなの気分感情もあるし」

そういうものか。支部大会では、一代議員というよりも、何度も討論もしてきた純一にとってそれは、ちょっとプライドを傷つけられる思いがした。だが、ここでは、代議員にすらならなくてもよいのだという気楽さも感じた。これからは当分教育活動に集中しよう。これまでやれなかったこともやろう。

この話が済むと、中畑が待っていたように言いだした。

「組合のソフトボールにみんな協力してほしい。今のところメンバーが足らんのや。小宮先生もぜひやってほしい」

純一はスポーツが苦手だ。前任校では、ソフトボールや水泳の指導につきあっては来たが、自分が力を入れたい仕事ではない。ソフトのチームにも加わってはいたが、エラーばかりして足を引っ張った記憶が強い。石岡や三宅もあまり好きではなさそうだ。

「おれな、いっしょにソフトボールやる中で、あっち派こっち派言わんと、仲よくできる職場にしたいんや」

中畑は元大学野球部で四番を張っていたそうだ。がっしりした体つきで腕も太い。ソフトボールをピンポン玉のように飛ばしそうだ。

一番若い倉本も、スポーツには自信があると見えて、しきりにうなずいている。しかたがない、つきあってみようと思った。

「やります。下手やけど」

中畑がニヤッと笑った。

「鍛えさせてもらいます」

三宅と石岡が顔を見合わせ、手でバツ印を作った。


中畑を中心とするソフトボールのチームは、ゴールデンウィークの一日、PTAのチームといっしょに交歓試合をすることになった。一応軽く練習しようということになり、メーデーの日の放課後、メンバーは子どもたちの帰った運動場に集まった。

軽くキャッチボールをした後、適当に守り、中畑がピッチャーになって順番にフリーバッティングをする。純一も打席に立った。打ち頃の球を投げてくれるので、結構ヒット性のあたりを外野に飛ばすことができた。

一〇本ほど打った後は、交代でキャッチャーを務める。少しボールに慣れてきた純一が、ファールチップを取ろうと反射的にミットを差し出すと、うまい具合にボールが飛びこんだ。

「ナイスキャー」

中畑が大きな声で褒めてくれた。

一週間に一度ほど、放課後、五時頃から六時頃まで練習し、後は軽く一杯やって解散というのがいつの間にか定着して行った。メンバーは教員だけではない。管理作業員の二人も加わり、時どきは教頭もつきあう、職種を越えたチームだった。岩田ら女性の教員もたまにはつきあってくれた。

純一は、何度か練習を重ねるうちに中畑のやり方に気がついた。彼は純一には一切小言めいたことは言わず、ちょっとしたことでも褒めてくれた。ところがもともと上手な倉本などには、けっこう厳しい。

「またボール球に手を出す。よく見て」

「大きいのねらいすぎや。状況を考えて」

倉本はけっこう理屈っぽい男で、議論好きだが、言い返したりせず、素直に従っている。

初心者は褒めて自信を持たせ、上級者には厳しく注文を出して伸ばす。まさにこれは教育そのものではないだろうか。

チーム力は次第に上がって行き、純一もキャッチャーの定位置を確保して、練習を楽しんでいた。

こうして純一の、新たな職場での日々は穏やかに過ぎて行った。田口を中心とする学年の雰囲気も悪くなかったし、のびのびとやりたいことができた。職員会議ではちょっとしたことで時に激しい議論もあったが、それだけ職場が民主的なのかもしれない。意見の違いはあって当然なのだ。自由にものが言えるということが大事なのだ。

Y小では学芸会がなかったが、学習参観に教室で劇をやったり、詩集を発行したり、国語の研究授業では、ここ数年間力を入れてきた音読の授業に取り組んだりした。

夏が過ぎ、秋が行き、二学期も終わった。冬休みには、組合支部ごとに青年部のスキーツアーが行われていたが、純一は参加せず、いつものごとく年末年始を実家で過ごした。帰省すると特にすることもない。純一は大学時代を過ごしたT市を訪れ、城跡の公園を一人歩いて感傷に浸り、たまり場だったクラシック喫茶の店に立ち寄った。コーヒーの味はもう一つだが、落ち着いた雰囲気が好きだった。

年が明ければ、純一の二〇代がまもなく終わる。いよいよ三〇代になる。教師としては、中堅と言ってもいい段階に入る。

最後の参観には、何をしようか。劇は二学期にやったから、じっくり文学の授業を見てもらおうか。それとも、作文の授業にしようか。いろいろ考えることがさして負担ではなく、楽しみになっている。自分でも不思議なくらいだった。

もちろん、組合関係のことから一切離れたわけではない。三学期は役員選挙の季節でもある。Y小分会から、支部執行部に石岡、支部青年部に倉本、支部女性部に岩田が立候補する。純一は今までのように候補者には指名されないが、石岡から「すすめる会」事務局メンバーに加わるよう要請されている。それなりにがんばるつもりはあった。しかし、候補者としてたたかったこれまでとは比べ物にならないほど、気持ちにゆとりがあった。

　今までとちがって、選挙期間に職場を休んで分会訪問をする必要もない。やりたい教育活動とも十分両立できる。

　学年末には、子どもたちに、通知表代わりに手紙を書くことになっている。一人ひとりの長所をしっかりと書き込み、心のこもったものにしたい。そして、六年生へとみんなで進んでいきたい。純一は充実感をおぼえていた。

3

　純一も毎晩選挙のたまり場に顔を出し、それなりにがんばった役員選挙だったが、崎山たちを当選させることはできなかった。支部役選でも昨年以上の差をつけられ、石岡も当選できなかった。だが、石岡は敗北を予想していたと見えて、特に落胆する様子もなく、翌朝の職員朝会で淡々と結果報告とお礼のあいさつを述べていた。やるだけのことをやって一つの区切りがついたという表情だった。

　純一はすでに残り期間の学級経営に頭を切り替えていた。あと一ヵ月を切った。いよいよ評価をきちんと仕上げることだ。最後に文集も作りたい。何はともあれ、一年間の教育活動が順調に終ろうとしていることがうれしかった。学年のメンバーもそろって六年生へ持ちあがることになっている。来年度もきっとうまくやれるだろう。

これからの事を気にせず、例年になくのんびりした気分で過ごした春休みだったが、新学期になると職場の空気が一変した。それは人事異動の結果だった。

職場全体では、かなり大きくメンバーが入れ替わった。校長も退任し、市内中心部で教頭を勤めていた横手という校長が着任してきた。

学校創立時代から勤務していた教員が六人転勤し、やってきたメンバーは五人だったが、そのうち一人が新任、四人までが同和校からの転勤者で、かなり熱心な解放教育推進派らしい。

着任した校長は、どんな人物かよくわからなかったが、さっそく、年度初めの職員会議で次々と持論を展開し始めた。

「本校では、企画会が行われていませんが、職員会議に先立ち原案を討議する企画委員会を設置したい。校長、教頭、各部長、学年主任、それに分会代表も入っていただいて結構です。」

この発言にはそれほど強い反対はなかった。どの学校でも行われているからだ。職員会議が形骸化しないように、企画会参加メンバー以外の質問や反対意見も十分保障してほしいという意見が出されたが、当然ですと言う校長の言葉を受けて承認された。

「本校では通知表がないそうですが、その是非はともかく、評価の在り方を検討する委員会を作り、一年かけて結論を出しましょう」

この校長提案も了承された。問題は次の発言だった。

「本校では、同和教育部が十分機能していないというご意見をいただきました。読本『にんげん』の使用も計画的に行われていないようです。抜本的な改善が必要だと考えています。」

すぐに手が上がった。区内の同和校から転勤してきた安達という教師だった。同和主坦に指名されている。

「ぼくは『にんげん』実践がほとんどやられていないということを聞いて驚いています。子どもたちに配布しているものをなんで無視するんですか。教師個人個人の好き嫌いでやったりやらなかったりすることとちがうと思います。本校としての実践をまとめて、区全体の中でも交流していかなあかんのに、どうするんですか」

安達は職員室を見回しながら、強い口調で発言した。同年輩の安達の口調はひどく尊大に聞こえた。

「にんげん」は小学校四、五、六年と中学生用の同和教育副読本として、一九七〇年に府下の小中学校に無償で配布されたものだ。

作られた時から、評価は大きく分かれている。下からの力で勝ち取ったもので、反戦平和や人権が学べる優れた教材だとする意見と、解放同盟が府教育委員会に圧力をかけて作らせたもので、ほとんどの教材が「部落民以外はみな差別者」という思想に貫かれている。一方的な押しつけは許せないとの意見だ。純一もむろん後者の立場だった。

純一は前任校で名ばかりの同和主坦になり、他校との連絡会にも行かされている。同和校の代表者たちは、何かにつけて、一般校は何もやっていないと上から目線の押しつけがましい発言をくり返していた。その時の雰囲気を久しぶりに思いだしたのだ。

石岡が手を上げて立ち上がった。

「安達先生が、今、『にんげん』を使用していない者を非難されましたが、私もやっていません。しかし、それを非難されるいわれはありません。教材の選択権は一人ひとりの教員にあります。一方的に押し付けられた教材を拒否するのは当然のことです」

安達が手を上げたが、校長が座ったまま発言した。

「石岡先生。『にんげん』実践は市教委の方針ですよ。同和教育指針をきちんと勉強してください」

何か言わなければならない。そう思いながらとっさに考えがまとまらなかった。

「校長先生から問題提起をしていただきましたので、同和教育部会で、よく話し合って方向付けをしていただき、企画会に提案していただくようお願いします」

司会の教務主任がその場を収めたが、職員室の空気は張りつめていた。

この日を契機に、職場の雰囲気は大きく変わった。これまで立場や意見の違いはあってもまあまあ和やかに過ごしてきたのだが、校長の提起が、教職員間の意見の違いを際立たせるような格好になったのだ。

石岡を中心とする「すすめる会」のメンバーは、解放教育の押しつけを許さない立場でがんばろうと話しあったが、中には微妙な温度差もあった。純一も、もちろん「にんげん」使用の押しつけには反対だったが、すべての教材を否定するつもりはなかった。教材の中には「川とノリオ」や「おかあさんの木」など一部優れた文学作品もあり、平和教材という立場で使うことはできると感じていた。

しかし、今は、いかにして押しつけを許さないかが大事だ。それぞれ学年会や部会で言うべきことを主張していこうというのがみんなの意見だった。

純一は学年内の分担で同和部に入っている。石岡は企画会のメンバーだ。部会や企画会で意見が言えるのは二人だけだった。

第一回目の部会では、安達が大きく三つの提案をした。各学年で『にんげん』実践の年間計画を作ること、教科の研究授業とは別に四、五、六年で『にんげん』の研究授業をおこなうこと。区ごとに行われている『にんげん』実践交流会にレポートを提出し、積極的に参加して行くことの三つだった。これまでも年間計画は作られていたが、特に点検されるわけではなく、かなり形式的なものだった。だが、研究授業やレポートはそういうわけにはいかない。

「同和教育は民主教育の原点です。というより、民主教育そのものです。みんなで実践していきたいと思います」

安達はそんなふうに提案を結んだ。みんなは黙っている。しばらく沈黙が続いた。

純一はふと頭に浮かんだ疑問を口にした。それは反論ではなくまったくの疑問だった。

「民主教育の原点てどういうことですか」

安達は軽く笑顔を見せた。

「教育の根本であり、これまでの教育から抜き落ちていた精神です。我々が最も大事にすべき教育実践です」

みんなは黙って聞いていた。だが、純一は、その言葉には納得できなかった。

「ちょっといいですか」

純一は発言を求めた。

「部落差別を受けていた地域の子どもたちにとって、同和教育が原点であるというのはようわかります。けど、基地のある沖縄や広島の子どもにとっては平和教育が原点と違いますか。在日朝鮮人の子どもたちには民族教育が原点と違いますか。それぞれの地域の条件に応じた教育がどれも大切なんと違いますか。それが民主教育やと思います」

安達はすぐには反論せず、周りを見た。

「今の小宮先生の素朴な疑問についてどう思われますか」

素朴という言い方には馬鹿にされているようで反発を感じた。

みんなは相変わらず黙っている。

安達はゆっくりと純一に言い聞かせるようにしゃべった。

「小宮先生の言うた教育はどれも同和教育そのものなんや。同和教育の実践には平和の課題も在日朝鮮人教育の課題も含まれてる。男女共生の教育も、障害児教育も、みんな解放教育の課題なんや」

話が少しもつれてきた。同和教育は部落差別をなくす教育ではないのか。いつの間にそこまで範囲が広がったのだ。安達は解放教育という言葉も使った。では同和教育と解放教育は同じではないのか。

純一がそうした疑問をぶつけようとした時、養護学級担当の岡田美也子が発言した。

「そういう理論的なことは、研究者に任せて、私らは具体的な実践の話をしませんか。私は提案に賛成です。それで進めてください」

安達はうなずいた。岡田も、元同和校の教員で、純一より一年早く着任している。

「では原案でよろしいですか」

このままではいけない。考えがしっかりまとまっていなかったが、反対せざるを得なかった。

「ぼくはどれも反対です。理由は、『にんげん』の押しつけに反対だからです。教材選択の自由を認めて、どんな教材でもいいという風にすべきだと思います。同和教育実践交流会なら賛成ですが『にんげん』実践交流会には参加できません」

岡田がすぐにつっこんできた。

「それ、六年の意見ですか。小宮先生の個人的意見ですか」

「個人の意見です」

「先生は六年の代表で来てるんと違うの」

「そうです。けど、どういう意見を言うかはぼくの自由です」

「そんなんおかしいわ」

安達が、軽く手を上げた。

「では、他の方のご意見を聞きましょか」

純一を除く全員が、言い方の違いはあるが賛成だった。ここには「すすめる会」のメンバーは誰もいないとはいえ、あまりにもあっけない賛成だった。根回しがされていたのだろうか。いつのまにか、自分たちが浮かされているのだろうか。

「そしたら、原案通りということで企画会に出させてもらいます」

会議に全員一致というルールはない。職員会議でも分会会議でも意見が別れれば採決している。学年会では、主任中心に何事も折り合いをつけてやっているが、それは通用しないのだ。

純一はこれ以上粘る元気はなかった。

会議が終わって部屋を出ると、安達が近づいてきた。

「小宮君、なんで君らは絶対的に『にんげん』を拒否するんや。やってみて議論したらどうや」

それはよく聞く言葉だった。

「いや、ぼく等は押しつけに反対なんや。教材の中身もいろいろ疑問あるけど、上からの押しつけが納得できんのや」

「そういうなら、教科書も押しつけやないか。上からて言うけど、『にんげん』は解放運動で勝ち取った物やで」

「ぼくはそう思わへん」

「君も党派的やな。意外やった」

安達は、それ以上は何も言わずにその場を離れて行った。

4

翌週、企画会が開かれ、同和教育部会の案も審議された。三時半から始まった会議が六時を過ぎても終わらない。純一は成り行きを気にしながら、教室で待機した。やるべき仕事はいくらもあったが、手に着かなかった。七時を過ぎ、八時になった時、ようやく会議が終わったのか、田口が教室に上がってきた。「お疲れ様でした」

純一が廊下に出て声をかけると、田口が何度もうなずいた。

「石岡君が同和問題でえらいがんばったけどな、結局、時間も時間やから、校長の判断で決めさせてもらう言うことになった」

田口の説明によると、原案はいくぶん緩和されたらしい。

「指導計画は出してもらうけど、いちいち点検するようなことはしませんから、学年や個人で工夫してやってくださいということや。まあ、小宮君、好きなようにやってくれたらええ」

純一は少しホッとした。事実上「にんげん」を使わなくてもいいと言われたような気がした。改めて石岡の意志力の強さに頭の下がる思いだった。自分は一言反対しただけで、全く食い下がろうとしなかったのに、石岡は粘り続けたのだ。おそらく出席者は石岡にいら立ち、いい加減に終わってほしいと思ったに違いない。そうした空気の中で、一人闘い続けることがいかに難しいことだろうか。純一にはそこまでの経験がなかった。

「ただな、研究授業はやはり誰かやらなあかん。まあ、区の方へは安達くんか岡田さんがレポート出してくれるやろ」

自分は昨年研究授業をしている。今年は他の人がやってくれるだろう。その点ではかなり気楽に構えていた。

だが、いざ学年会を開いてみると、授業者が簡単には決まらなかった。学年五人の内、一人は教科の研究授業、二人が区の研究会での授業がすでに決まっていたのだ。行事が目白押しの六年で、一人に二回やれとは言いにくい。三人は当然圏外という顔をしていた。

何もないのは主任の田口と純一だ。しかし、いちばん先輩の田口にやれとは誰も言えなかった。これまでの経験でも、研究授業はたいてい若手がやっている。純一にしても田口にお願いしますとは言えなかった。田口は純一に頼むと言いたかったのだろう。しかし、田口はそれを口にせず、その日は学年会を終えた。

その晩、純一はなかなか眠れなかった。「にんげん」は絶対使用したくない。やることは石岡たちを裏切ることになりかねない。黙っていればいずれ仕方なく田口が引き受けてくれるだろう。

だが、と純一はまた考えた。学年の人たちは、明らかに自分が引き受けてくれることを期待している。受ければみんなの信頼は高まるだろう。どうせ誰かがやるのなら、少しでもましな教材で自分がやった方がいいのではないだろうか。いや、それで授業がうまくいったら、「にんげん」にもいい教材があると証明するようなものではないだろうか。

翌日、純一は石岡に相談した。学年の状況を話し、どうするべきか意見を求めた。

石岡の答えはすぐ返ってきた。

「おれはやるべきでないと思う。強制に応じる必要はない」

予想通りだった。しかし、現実にはもうレールが引かれ、誰かがやらなければならないのだ。どうすればいいのだ。

考え込んでいる純一に石岡が穏やかな口調で言った。

「おれはやるべきでないと思うけど、決めるのは小宮君や。君がやろうと思ってやるのなら、それを止める権利はない」

石岡は、純一の肩をたたいた。

「おれはあくまで使用しない。一人くらいは原則を貫く者がおってもええやろ。けど、君は自分の意志にしたがったらええ」

原則を貫く。では自分がやれば原則を曲げたことになるのか。原則とはなんだ。誰が決めるのだ。いろいろな思いがこみ上げた。だが、それを口にすることはできなかった。

さんざん考えた末に、やはり自分がやるのはやめようと思って臨んだ学年会だったが、この問題になると相変わらずみんな発言しない。長い沈黙の後、田口が「誰もいなければ」と言った瞬間、思わず純一は口にしてしまった。

「ぼくがやります」

田口が驚いたように純一を見返した。

「やってくれるんか」

「はい」

みんながほっとした様子でうなずいた。

一人になって、これでよかったのだと自分に言い聞かせながら、純一の気持ちは揺れ続けていた。


次の週に同和教育部会が開かれ、年間計画を決めることになった。

「六年の授業は小宮先生がやってくれると聞きました。ご苦労さんです。六年は三学期忙しいから、一一月いうことでよろしいか」

安達の言葉に純一は、手を上げた。

「できたら三学期にしてほしいんです」

「え、なんでですか」

「ぼくは、平和教材をやるつもりなので。社会科で、太平洋戦争のことを教えてからやりたいんです」

「わかりました。ほな、教材は『川とノリオ』ですか」

「『おかあさんの木』にします」

安達は首をかしげた。

「それ、四年の教材と違いますの」

「そうです。けど、ぼくは、それが好きなので」

「六年生にも反戦教材はありますやろ」

「けど、これがやりたいので」

二人のやりとりを聞いていた岡田が言葉を挟んだ。

「ええんとちがう。小宮先生が、『にんげん』の教材でやってくれる言うてるんやから」

安達もそれ以上はこだわらなかった。

「おかあさんの木」は、児童文学者、大川悦生の作品だ。息子たちが出征して行くたびに木を植えていく母親の物語で、しみじみと反戦の思いが伝わる。

「四年生版みんな持ってるかな」

純一は考えてきたことを発言した。

「プリント作ってやります。ぼくは一読総合法の授業してますから、それでやります」

一読総合法という国語の指導法は、教材をまず最後まで読むのではなく、すこしずつ区切って読んでいくやり方だ。新聞の連載小説を毎日読んでいくようなもので、結末がわからない。その分、いろいろな意見が出てくる。

純一は教師三年目のころからこの方法を取り入れ、自主教材の授業などで取り組んできた。児童言語研究会という国語教育の研究団体が提唱しているが、大阪では同和校でこの方式を取り入れる教員が多い。安達は意外そうな顔をした。

「先生、一読やってはんの。知らんかった」

「我流ですけど」

君らの専売特許ではないと言いたい気持ちだった。

「そしたら、一一月に五年ということで」

「ちょっとあと一言」

安達の言葉をさえぎり、純一は最後に言おうと思っていたことを口にした。

「指導案には国語科学習指導案と書きます。それでよろしいか」

安達は即座に反発した。

「それはおかしい。同和教育指導案と書いてもらわな困ります。」

「それなら僕は降ります」

純一は、語調を強めて言い返した。

「同和教育という教育課程はありません。少なくとも八時間以上かけて授業をします。国語科の位置づけでなかったらできません」

「おかしいわ、それは。何言うてんのや」

安達の言葉で会議は一挙に紛糾しかけた。

「小宮先生、なんでそんなことにこだわるの」

岡田がいくぶん穏やかに聞いてきた。

「しっかり文学指導をやりたいからです」

純一はできるだけ興奮しないようにしゃべろうとした。

「ぼくは、すぐれた文学作品をじっくり読むことが、同和教育にとっても大きな意味があると思っています。単に差別をなくすとか、平和とかいう徳目を教え込んだりするんやのうて、しっかり文学作品を読ませる中で、そういう感性が育っていくと思います。だから、国語教育としてきっちりやりたい」

みんなは黙っていた。

岡田が少し皮肉な口調で言いだした。

「先生の考え方、すごく立派。けど、あなたは、クラスで演劇とかようやってはるけど。その時間もやはり国語科に位置づけてんの。時間足りるの」

これは痛い所だった。純一は演劇指導の時は道徳や学級活動の時間を使っている。時には図工の時間に小道具を作ったり、国語の時間にも食い込む時がある。それを見透かした発言だった。

「残念がら、演劇という教育課程もありません。だからいろいろな時間に関連付けてやってます。同和教育の授業も、社会科や道徳や国語に位置づけてやったらよろしいやん」

純一のここは絶対譲らないという雰囲気を感じたのか、安達は、学校長と相談しますと言って、話を転じた。

純一はぐったりと疲労感を覚えていた。

翌日、純一は校長室に呼ばれた。

「小宮先生、安達先生から聞きました。君の考え方に、私は賛成です。同和教育をきちんとやる。しかし、それは特に同和教育と名前をつけたからどうこうというもんではのうて、教育課程のあらゆる場でやる。これが大事やと思います」

「はあ」

純一はふと思い出した。校長は、以前石岡が解放教育の押しつけには反対すると言った時、解放教育とは言っていない、同和教育ですと言い返したことがある。自分は安達たちとは違うと言わんばかりの言葉だったが、いずれにせよ、純一の主張は通った。

純一は、『にんげん』をやるのではなく「おかあさんの木」をプリントにして国語の自主教材としてやるという形を取ろうとした。だが安達たちは、純一に、形はどうであれ、「にんげん」の教材を使って研究授業をさせることに成功したことになる。

一応自分としてはがんばったつもりだが、石岡のようなたたかい方はできなかったという思いもまた心に重く残った。同和校では、自分の信念を守るために、もっともっと厳しいたたかいを強いられている人たちがいるに違いない。自分はしょせんぬるま湯につかっているだけなのではないか。

純一が子どもたちの帰った教室で、一人考え続けていると、石岡が入って来た。

「ご苦労さん、ようがんばってくれたな」

意外な言葉だった。

「さっき、安達くんから聞いた。国語の授業にさせたということは、大きな意義があるで」

石岡の反対を無視して「にんげん」の授業に踏み切ったことで、負い目を感じていた純一は、かなり気持がほぐれた。それを言いに来てくれた石岡の配慮がありがたかった。

「やるからにはええ授業にしてや。期待してるで」

そう言い残して石岡は出て行った。

5

それからは職員会議でもあまり大きな論争もなく、比較的平穏な日々が続いた。純一は学級経営に打ち込み、時には中畑たちとのソフトボールを楽しんだ。メンバーには安達も加わっている。ここでは、意見の違いを越えた付き合いが可能だった。

夏休みが過ぎ、運動会、修学旅行といった大きな行事も無事こなし、秋から冬へと、時は駆け足で通り過ぎて行った。二学期の終業式を終え、冬休みに入ると、純一は例年より早目に帰省した。年末年始は、多忙な三学期を控えてのんびりするつもりだった。

年が明けるとまた役員選挙がある。当然がんばらなければならない。しかし、今年は久々に卒業関係の仕事がある。卒業文集、卒業制作、学習参観、テストや評価、そして何よりも研究授業が待っている。これらをきちんとこなすことが今の自分には最優先だ。石岡には悪いが、役選は少し控えめに協力させてもらおうと思っていた。

あれこれ考えていると落ち着かなくなった純一は、結局一月二日には、帰省先から戻り、テスト作りなどの仕事を始めた。やることを書きだし、前に貼って、一つ一つ片付いたら線で消していく。そうやって仕事をしていると心が落ち着いた。

三学期が始まった。二月の上旬にはいよいよ研究授業の日が来る。ややもすると学習進度が遅れて駆け足になりがちな社会科や理科の授業を早めに進めておきたい。評価に必要なテストも早くやっておこう。

純一はかなり意識的に、図工や家庭科の作品作りを早め、テストもどんどん実施した。テストはただやればいいというものではもちろんない。一つ一つの結果は、指導がきちんとできていたかを問われることでもある。いい授業をしたいし、どの子にもいい点数を取らせたい。

しかし、研究授業が近づくと、どうしても気持ちがそこに集中する。国語以外の教科のことを十分考える余裕がなくなってくる。純一は、何度も「おかあさんの木」を読み返し、指導案を練った。

自分も経験していない戦時下という状況での庶民の思いを読み取らせることができるだろうか。七人の息子を次々と戦争に取られていった母親の筆舌に尽くしがたい悲しみを、しっかりと受けとめることができるだろうか。

もう時間はない。教材に入らなければならない。今日から授業を始めよう。

「これから『おかあさんの木』の授業をはじめます。全部で九時間の予定です」

純一は、第一回目のプリントを配った。この物語は日本の侵略戦争の時代の話だが、民話的な語り口で書かれている。

主人公のおかあさんには、七人の息子がいたが、長男の一郎から、二郎、三郎と、次々に出征して行く。おかあさんは、息子たちが兵隊にとられるたびに、キリの木の苗を植え、毎日その木に水をやり、言葉をかける。この時、おかあさんは、卑怯な真似はせずお国のために手柄を立てておくれと言う。

しかし、同時に、キリの葉がむしられていると、どこぞ具合を悪くしたのではないかと案じ、生水など飲んだらいけんぞとも語りかけるのだ。

純一の授業は、まずひとり読みで始まり、読んでわかったこと、言葉の疑問や中身の疑問、思ったこと、感じたこと、物語の今後の予想などをプリントに書きこむ。その後、音読し、話し合いに入る。

第一時の授業では、木を植えるおかあさんの気持ちや、木に言葉かけする思いについて意見を交わした。

第二時では、四年の歳月が過ぎ、一郎が戦死したという公報が届いたとき、涙を見せず、あの子がお国のお役にたててうれしいと言い切るおかあさんの姿を読んだ。この後、お葬式が済んでみんなが帰った後、おかあさんは、「さぞつらかったろう、死にたくなかったろう」と言って泣くのだが、純一は、その場面の前で文章を切った。

子どもたちからは、さっそく重要な疑問が出された。

「おかあさんは、一郎が戦死して本当にうれしいと思ったのだろうか」

これについては意見が分かれた。

戦争中は、日本が勝ってほしいと誰もが思っていたのだから、おかあさんはほんとにそう思ったという意見と、そう言わなかったら近所の人たちから非国民と言われるから無理して言ったという意見だった。太平洋戦争の学習を経た六年生なので、さすがに読みは確かだ。

こういう時に、結論は出さない。続きを読むことによって明らかになるのが一読法だ。第三時では、嘆き悲しむおかあさんの姿を読み、人前で悲しむことのできなかった、おかあさんの思いが話し合われた。

「本当の自分の気持ちが言えないで辛かったことは誰にでもあると思う。そんなことを思い出しながら、おかあさんの言葉を、音読してみよう」

純一は、おかあさんの人前での言葉と一人になってからの言葉を板書し、子どもたちに順次音読させた。

次第に子どもたちの読み方が変わっていく。感情移入が進んでいくようだ。純一はようやくこの授業に手ごたえを感じていた。

この場面を契機に、おかあさんの態度は変わっていく。

これまでは、お国のために手柄を立ててておくれやと言っていたのだが、二郎も三郎も、一郎兄さんみたいに死んだらいかん、隊長さんにほめられんでもいいから、きっと生きて帰っておくれや。というようになるのだ。

もはや周りの忠告も気にしない。おかあさんは遂に、戦争で死なせるためにおまえたちを一生懸命大きくしたのではないとまで言い切るのだ。みんなの息子をたくさん死なせ、何のいいことがあろうか。早く戦争やめて仲直りすればいいと、軍国の母から反戦の母へと変革されていく。

この場面では、どうしておかあさんがこんなに変わったのかという疑問が出された。

「一郎が戦死して、戦争に対する気持ちが変わったと思う」

「自分の子が死んだら、もう今まで我慢してきた気持ちが切れた」

「せめて二郎たちは死なないでほしいという気持ちが強いと思う」

「もう何を言われてもいいと思った」

こうした意見を受けて、純一は問いかけた。

「戦争中に、おかあさんのようなことを言うのは、なかなかできなかったと思うけどなあ。ものすごく勇気のいることやないか。もう少しおかあさんの気持ちを考えてみよう」

子どもたちはしばらく考え込んでた。意見が出にくい時には、黙って書き込みをさせる。また、周りの子と話し合わせる。

純一が、子どもたちのプリントを見て回っていると、「先生、田尻に当てて」と言う声がした。田尻信吾は真面目で無口な子だ。

「田尻君、なんて書いたんや。言うて」

田尻信吾がゆっくり立ち上がり、つぶやくように言った。

「おかあさんは、もう、自分と同じようなつらい思いをする人がいないでほしい」

おー、という声が上がった。その通りだ。おかあさんはこの後、近くの人が兵隊にとられれば行って無事を祈るし、遺骨が帰ればいっしょに泣いてあげる。そんな母親になって行くのだ。田尻はそれを見通している。

この発言に刺激されたように三人ほど手が上がった。

「おかあさんは、人の悲しみがわかる人やと思う」

「おかあさんは、すごく強い人やと思う」

「おかあさんは、戦争に行く人がみんな自分の子どものように思えた」

一つ一つの言葉が純一にはとても心強かった。だんだんみんなの意気持ちが一つになっていくのがわかる。

「人の辛さがわかる人は、勇気のある人なんやなあ」

純一は、そんなことを言って、授業を締めくくった。充実感があった。

物語は、この後、日本の敗戦へと進むが、七人の子どもたちは次々と戦死し、誰も帰っては来ない。すっかり老いたおかあさんの元へ、ただ一人生き残った五郎が帰って来るが、おかあさんはすでに五郎の木にもたれて亡くなっていたという悲劇を迎える。この場面が研究授業の本時だ。

いよいよ明日は本番だ。はたして子どもたちがいつものように発言してくれるだろうか。絶対に失敗はしたくない。

それにしても空き時間が欲しい。教室ももうすこし片付けたいし、テストやノートも見なければならない。次第に募るプレッシャーを感じながら、給食時に純一が背面掲示板の図画を張り替えていると田口がふらっと入って来た。

「ご苦労さん、いよいよ明日やな」

「はあ」

「放課後、みんなで掃除でもしにいこか」

「あ、もういいかと。ふだんから汚いと思われてますし」

「そんなことないやろ。まあ、とにかくちょっと集まろ」

「はい」

田口は、しばらく子どもの作品を見ていたが、みんな上手に描いてるな、と言い残して出て行った。田口も気を使ってくれているようだった。

五時間目、純一は社会科のテレビ番組を見せながら、忙しさの中で採点が遅れていた社会科のテストを採点した。

いつもよりずっとできがいい。子どもたちは予想以上にがんばっているのだ。純一の気持ちははずんだ。一気に採点して返そう。明日の本番を前にして、みんなを思い切り誉めてやろう。テレビ番組が終わった後、ノートに感想を書かせ、一気に採点を終えると、純一は子どもたちに向かって笑顔を見せた。

「今から、社会のテストを返します。」

子どもたちが少し緊張したような顔で純一を見た。

「今回のテストは、いつもよりすごくいい点でした。テストが続いたのに、みんながよくがんばってくれてめちゃうれしいです」

子どもたちはなぜか顔を見合わせた。おや、というような変な空気だった。何か変なことを言ったのかと純一が一瞬思った時、「言おか」「言うで」といった声が聞こえて、三人の男子が立ちあがった。日頃からソフトボールの中心になっている山田と岡村、田中の三人だった。

「ぼくら、みんなでカンニングしました。すみません！」

一瞬、何のことかわからなかった。

「先生、テストの時、なんか用事で五分くらい出て行ったやろ。その時、みんな教科書出して答え見てたんや」

そう言えば、あの時、担任が出張している隣の教室へ行って、やることを指示した。確かに五分くらい教室を開けたが、子どもたちがそんなことをするとは全く思っていなかったのだ。明らかに自分の不注意だった。

純一は言葉を失った。だが、何か言わなければならない。

「今の話はほんまか」

子どもたちは黙っている。

「ほんまかと聞いているんや！」

つい声が大きくなった。子どもたちが誰も否定しないということは、認めたのと同じだった。

「まさか、君らが、そんなことすると思っていませんでした。先生があほやった。ええ成績やと喜んでいたのに、なんでそんな」

そこまで言うと、不意に涙が出そうになった。信頼が裏切られた。もうすぐ卒業だというのに、なんということだ。研究授業もどうなってもいいとさえ思えてくる。

しばらく沈黙が続いた。純一の涙を見て、子どもたちはじっとうなだれていた。

「先生、山田くんは見てないで」

田尻がそう言うと、何人かがうなずいた。

「見てない？　山田くん」

山田は黙っている。純一はもう一度尋ねた。

「見てないんか、君は」

「はい。けど、先生に言わんと黙ってました」

そうか。それはわかる。自分だけいい子にって友だちをチクルようなことは言いにくいだろう。だが、なぜ今、それを打ち明けてくれたのだろう。

そのまま三人は黙っていた。いずれにせよ、真実を打ち明けてくれたことを喜ぶべきかもしれない。純一は少し冷静さを取り戻していた。

「ともかくテストを返しなさい。このテストはなかったことにして、もう一度違う問題を作ります」

テストを集めながら、純一は考えた。三人が、あとでみんなから非難されるようなことはないだろうか。ここはもう少し指導が必要だ。

「もう先生は君らを責めません。テスト中やのに教室を空けた先生にも責任があります。本当のことを言ってくれてありがとう。君らも、三人を絶対責めんといてほしい」

子どもたちはうなずいていた。反省している様子がうかがえた。

「もう一度聞きます。山田君。なんで今、そのことを言う気になったんや」

山田はしばらく黙っていた。田中が手を上げた。

「こないだ、国語の勉強した後で山田君が言い出した。おれらもほんまのこと言わへんか」

純一は頭の中で何かがチカッと光ったような気がした。岡村が手を上げた。

「先生が、自分のほんまの気持ちが言えんと、辛い思いしたことがないかと言った。あの日、山田が、おれは黙ってるのが辛いいて言いだしたんや。いっしょに言おうとぼくも言いました」

そうだったのか。三人は、「おかあさんの木」の授業を通じて。そんな気持ちになったのか。

「ありがとう」

思わず純一はそう言った。文学の授業で彼らの気持ちが動いたのだ。この授業が彼らを成長させたのだ。明日の授業はきっと成功する。いや、すでに成功した。

子どもたちが不思議そうに純一を見ていた。

第三章　文化活動を力に

1

「それでは、小宮先生と、みなさんの健康を願って乾杯！」

同窓会幹事役の中本秀樹の音頭で、一同はビールのコップを勢いよく合わせた。

今日は、夏休みに入って最初の日曜日。小宮純一が、Y小学校で初めて卒業させた子どもたちが同窓会を開いてくれたのだ。

あれから九年、一九八六年の夏。教え子たちは成人となり、純一は四〇代になった。三〇代の一〇年間を、Y小で過ごしたことになる。

大学生と社会人が半々くらいだったが、中には赤ちゃんを抱いた子もいる。すっかり大人びた一八人の教え子たち一人ひとりと言葉を交わしながら、純一は幸せな気持ちでいっぱいだった。こうした形で同窓会に招かれるのは初めてだったたし、特に思い出の深い子どもたちだった。

土曜日の午後、ソフトボールを楽しんだ日々。「救命艇の少年」や「にれの街」などの文学教材に取り組み、研究授業を積み重ねた日々。演劇クラブで取り組んだ劇。卒業式の翌日、一緒に伊賀上野へツアーに行った日のこと。思い出されるのは楽しかったことばかりだった。

純一は、この間、職場の中では、演劇教育を中心とした実践を続けながら、次第に組合活動に深くかかわってきた。今では、大阪市教組の民主化をめざして作られた「職場の民主化と革新統一をすすめる会」の主要なメンバーとして、南支部「すすめる会」の事務局次長を務めていた。

大阪市の基準から言えば、もう転勤を求められる七年目はとっくに過ぎているのだが、純一は、それを拒んで残留希望を出し続けていた。もちろん、この学校に居たいという単純な理由ではない。大阪市の人事異動の不公正さに抗議するためだ。市教委は転勤基準を決めているにもかかわらず、一部同和教育推進校については、何年でも残留を認めている。純一たち「すすめる会」の活動家は、転勤時に同和教育推進校を希望しても絶対に入れないし、できるだけ一つの職場に固めて、影響力を少なくしようとする。そうした移動方針に対する抗議として、残留し続けることが多かったのだ。


「先生、今何年生教えてるの」

「三年や」

「ふうん、演劇部は」

「やってるよ」

「ほんまに。私、今演劇部やで」

「そうか。どんな役や」

「ジュリエットとか、つうとか」

「またまたうそつく」

「でも、何か役はもらってるんやろ」

「通行人。街の人Ａ　そんなんばっかし」

「でも、それが大事なんやで」

「先生にしごかれたん思い出すわ。君ら一人ひとりが主人公やでとか言われて」

「ほんまや。私もそんなん言われたわ」

ビールを注ぎに来る子らと酌み交わしながら、思い出話が続いた。

純一は今年から四年の学年主任を務めている。校務分掌では、児童会活動担当、国語主任、視聴覚担当を抱え、組合の分会長でもある。実質的な仕事が多い働き盛りと言ったところだ。一日の勤務が終われば、毎日のように「すすめる会」の事務所に出かけ、九時、一〇時まで会議やいろいろな活動に取り組む。日曜日もしょっちゅう行事や活動で出かけ、家にいることは少ない。そんな日々の明け暮れに加え、役員選挙のある二月は、連日真夜中にタクシーで帰る日々が続く。夏と冬の長期休暇以外、家でゆっくり過ごすことはほとんどなかった。

私生活も大きく変化した。三一歳の時に、青年部活動の仲間と結婚。東西寮を出て、N区の市営住宅に入り、翌年女の子が生まれ、この四月からは二年生になる。時にはPTAの親子ハイキングにも連れ歩き、「親子劇場」にも参加して、懸命に育ててきたつもりだった。だが、夫婦とも教員のくらしは忙しく、保育所の送り迎えはぎりぎりになることも多い。熱を出したときなど、どちらが休むかで夫婦喧嘩をしたことも数知れなかった。

それでも何とかここまで来られたのは、お互いに民主教育をめざす思いで結ばれていたからだろう。妻の久美子は、歴史教育協議会で活動し、婦人部の役員も務めている。いつの日か市教組を民主化したいというのは二人の共通した思いだった。

歌集が配られ、ギターの弾ける山田の伴奏でみんなが歌いだした。「泳げたいやきくん」、

「青春時代」、「木綿のハンカチーフ」。彼らと過ごした頃ヒットしていた懐かしい歌だった。純一も大きな声で歌いながら、二〇代最後の頃を思い出していた。

「先生、ちょっと肥えたんと違いますか」

右隣に座っていた田中晴美が小声で話しかけてきた。図星だった。二〇代の頃は六二、三キロだった体重が今では七〇キロ台になっている。最大の理由は二年前、思い切ってタバコをやめたことだった。その反動からか、甘いものを取ることが多くなり、食事の量も増えて体重が急速に増えたのだ。学年会打ち合わせ会などでも、おやつを食べないように努めているのだが、あまり減る兆しはない。

「ダイエットに努めてるんやけどな」

「運動不足と違いますか。ソフトボールはやめたん」

「うん、このごろ学校も忙しくてな」

数年前、職場で盛んにやっていたソフトボールだが、メンバーが入れ替わり、学校の中も忙しくなって、すっかり下火となってしまった。純一も、もともとスポーツが得意ではなかったから、個人的に運動をするようなこともほとんどない。

「すっかり中年太りや」

苦笑する純一に、晴美は、笑顔を向けた。

「先生、なんか歌って」

「ええ?」

躊躇する間も与えず、晴美は大声で叫んだ。

「今から小宮先生が、独唱します。拍手!」

おおっという声と拍手が起こった。こうなれば仕方がない。純一は立ち上がった。口をついて出たのは一八番にしている布施明の「シクラメンのかほり」だった。しみじみした歌いっぷりに、みんなは聞きほれている。気をよくした純一は、気持ちを入れて歌い続けた。


会が終わり、二次会の喫茶店に付き合ってひとしきりしゃべり、店を出るとすっかり春の日は暮れていた。教え子たちと別れて、駅への道を歩きながら、純一は思った。

やはり教育の仕事は楽しい。これからも担任を続けたいし、演劇クラブの指導もしたい。職場の人たちとも仲よくやりたい。

だが、そんな願いどおりに行くだろうか。「すすめる会」での役割は年々重くなる一方だし、校務の分担も増えているし、やりたいことだけに集中しているわけにはいかない。

二学期からは、どんなことが待っているのだろうか。駅のホームで、純一は考えを巡らしていた。

2

二学期が始まると、早速あわただしい日々が巡ってきた。夏休みの宿題を評価し、授業に取り組みながら、まだまだ残暑の残る中、運動会練習に汗を流す日々だった。

他方この頃、教職員組合運動では大きな問題が起きていた。四月末に日教組の田中委員長が、落選中だった自民党前議員の「西岡武夫を激励する会」に出席した問題が、こじれつづけていたのだ。

西岡武夫は、自民党タカ派文教族の有力メンバーで。中曽根総理の推進するさまざまな反動的文教政策を推進してきた人物である。いうまでもなく日教組の天敵なのに、委員長がその激励会に出席して「この三年間西岡さんがいてくれたらと思わぬ日はなかった」などとあいさつしたのだから、当然ながら全国の組合員や教組から批判の声が湧き上がった。

八月末の日教組中央委員会では、田中委員長を批判する決議案が出されたが、田中支持派の中央委員は、さまざまな議事妨害を繰り返したあげく、多数の支持を得られないと見て退場し、田中委員長ら一部の中央執行委員も退場した。それでもなお中央委員会は定足数を満たしていたが、残った中央委員たちは団結に配慮して、採決を延期した。

九月三日に、大教組は、田中委員長に対し、「組織の団結の回復と自らの責任を明らかにし、日教組第百十六回臨時中央委員会を速やかに開催すること」を申し入れた。

全国から同様の要求が集中する中で、中央委員会が九月一一日に開催されたが、田中派のボイコット戦術にあって、閉会となってしまった。翌日の執行委員会で、田中委員長は、一三日からの定期大会を延期すると一方的に宣言し、記者会見で公表した。

日教組はかつてなかった重大な組織的危機を迎えていた。

純一が参加した「すすめる会」の会議でも、このことが話題となった。

「日教組は、労戦右翼再編に対して一定の歯止めの役割を果たすと期待していたけど、今度のことで、その限界が見えたと思う」

「臨教審路線とたたかう日教組に対する内部からの分裂攻撃や。ゆさぶりやで」

「社会党一党支持がある限り、日教組はまともにならへんで」

ひとしきりこうした議論が飛びかった後、会議は秋の取り組みについての議論になった。

大教組の運動に結集し、職場の要求をくみ上げ、校長交渉で実現を図っていくこと。秋の教研活動の取り組み、「すすめる会」の会員拡大、会のニュースの充実などである。今年から、組合教研に加えて、「すすめる会」としても、民主的な支部執行部と連携して、秋の研究集会を取り組もうという方針も確認された。この集会は、実行委員会を作って取り組むということで、実行委員長に、港支部の増田支部長、事務局長は西大阪支部の田辺書記長が決まった。どちらの支部も、大教組に結集する民主的な支部だ。純一もその実行委員会のメンバーになるよう要請された。教研活動には意欲がある純一はあっさり引き受けた。

会議の後は、三々五々居酒屋に立ち寄って一杯やるのが通例のようになっている。今日は自然と教研実行委員会のメンバーが同じテーブルに集まった。メインの講演を誰に頼むか。文化行事をどうするか。分科会をいくつ開くか。いろいろな意見が出されている中で、純一はふと思いついたことを口にした。

「文化行事のことですけど」

実行委員長の増田が、純一を見た。

「何かいい考えがありますか」

「誰かを呼んで来るんやのうて、自分らでやりませんか」

「ほう、それはすごいな」

純一の考えは、全体会での基調報告にあたる内容を、演劇仕立てでやってはどうかということだった。

「今の職場の状況や取り組みの様子を、構成劇にしてアピールするんです。出演は青年部中心に。演出は宮岸先生に頼んだらええと思います」

宮岸は演劇教育サークルの信頼する先輩だ。中学校の演劇部を指導し、数々の実績を上げている。演出力も確かだ。

「宮岸さんと小宮君が中心になってやってくれるんやったら、信頼できる。ぜひ、相談を進めてもろて、実行委員会で正式に提案してください。」

純一はうなずいた。

その晩、純一はすぐ宮岸に電話し、構成劇の演出を頼んだ。

「台本は小宮君が書くつもりなんやな」

宮岸の言葉に、純一は「はい」と答えた。実のところ昼間の会議では、まだそこまで気持ちが固まっていなかった。宮岸に書いてもらうか、共同で書くか、漠然と考えていたのだが、そう言われると、やる気になった。

まだ日はある。これからゆっくり考えればいい。そんな気持ちで電話を切ったが、その晩はプレッシャーで床についてもなかなか寝つかれなかった。

教師になってから、子どものための脚本はいくつか書いた。サークルで評価され、演劇教育の雑誌や脚本集に掲載されたこともある。卒業式の「よびかけ」や、七夕集会などの台本を書いたこともある。宮岸もそれを知っているからまかせる気になったのだろう。だが、学校を離れての大きな舞台だ。果たしてうまく書けるかどうか。

思い切って純一は起き上がり、机に向かった。ノートを広げて考えているうちに、ふと浮かんだ言葉があった。

「今私たちは」

もう一行書いた。

「今私たちは」

この言葉を最初に言おう。そこから現状を訴えよう。まず、自分の思いから始めよう。

純一は、ノートに向かって、日頃の思いを吐き出すように書き続けた。

3

純一は、この秋、職場の中でもう一つ大きな仕事があった。一一月下旬に児童会中心に取り組む「児童文化祭」の取り組みだった。

「児童文化祭」は、ここ数年、あちこちの学校で取り組まれている行事だ。ここY小でも三年前から始まった。

お神輿を作って持ち寄る開会集会の後、一日にわたって、四、五、六年の各学級が教室で作品展をする。同時に運動場でのゲームや講堂での舞台発表などにも取り組む。保護者も参観に来る。かつて盛んだった学芸会に代わる文化的な学校行事で、中学や高校の文化祭の小学生版と言ったところだ。

純一は、この取り組みをもう少し充実・拡張したいと考えていた。低学年がお客さんになるだけではなく、自分たちも何かの取り組みができないかどうかである。そのためには時間枠を拡大する必要がある。一日の日程を、一日半に拡大することを提案するつもりだった。

各学年から一名が参加する児童活動部会で、純一は考えていたことを提案した。

「日程を一日から、一日半に拡大したいと思います。現状では、講堂や運動場の使用希望が多くて、やりたいことが十分できません。三年生も何かやりたいという声が出ていますので、場所を提供するとなれば時間枠を広げることがどうしても必要だと思います。いかがでしょうか」

この提案には、ほとんどのメンバーが賛成したが、職員会議で賛同を得られるかは疑問だという意見も出た。授業時間を減らすのはよくないという意見も当然ある。

「学年会でみなさんの意見をまとめてください。もう一度話し合い、みんなが賛成できる提案をしましょう」

純一は言葉を続けた。

「もう一点ですが、本校の近くにある、盲学校と朝鮮人学校の子どもたちと交流する場として、招待してはどうかと考えています」

この考えは、純一と意見の違う同和主坦たちも賛同していた。純一は、あらかじめ彼らの意見を聞き、職場の大方が一致できる取り組みとして提案したのだった。

「招待するということは見学してもらうということですか」

「はい。できれば、コーナーを開設したり、舞台発表をしてもらえばいっそう交流が深まるかと思います。相手のあることですから、どうなるかわかりませんが」

さっそく、解放教育を推進する教員からは、視力障碍者の体験コーナーや朝鮮の双六にあたるユンノリのコーナーを設けたいという意見が出た。これは純一としても悩ましい問題だった。

解放教育推進派の人たちは、同和問題での行きづまりの中で、民族教育や障害児教育などの分野にウイングを広げている。いくつかの学校で「民族学級」を作る取り組み、「本名を名乗る運動」も進んでいる。賛否のわかれるこうした取り組みが、教職員の間に新たな対立の火種を作り出すのではないかという危惧があった。

しかし、職場の中ではいろいろ教育観に違いがあって当然だ。お互いにいいと思う実践をやればいい。それが純一のスタンツだった。

そういう立場から純一は、これまでも批判している『読本にんげん』の授業もあえてやったし、分会長としても解放教育派の人たちに気を配っていた。

必ずしも職場の多数派ではない純一が、分会長を務め、組合大会の代議員にも選出されているのは、そうした気配りがあってのことだった。役員選挙では対立していても、できる限り仲よくやりたい。それが子どもたちのためだというのが純一の持論だった。もちろん管理職ともできる限り協力していくつもりだった。


翌週開かれた職員会議は、思ったほどの異論もなく、ほとんど原案通りに決まった。

こうして方針が決まると、全体の取り組みだけでなく、自分のクラスは何をするかを考えなければならなかった。できれば劇をやりたい。だが、学習参観や研究授業と違って、あくまでも決めるのは子どもたちだ。担任の希望を押し付けるわけにはいかない。子どもたちは、理科室や視聴覚室など、暗幕のある部屋を確保し、お化け屋敷をやりたがる。運動場の希望も多い。パターゴルフや、的あてなども人気がある。純一は、子どもたちに去年までの取り組み内容を紹介し、ゆっくり考えて来週にでも決めようと話した。

無理はしないで、子どもたちの希望を尊重しようと思っていた純一だが、意外なことが起こった。女子のリーダー的存在の藤田麻耶が、突然劇をやると言いに来たのだ。

「私ら、児童文化祭で劇やります」

「私らって、何人で」

「女子全員」

「ええ?」

驚く純一に、麻耶はニヤッと笑った。

「私ら、劇やろうって相談してたんや。ほとんどみんな賛成してくれたから」

「いつの間に。学級会では何も決まってないで」

「うん。けど、いつの間にかそういう話になってたんや」

「男子は、どうせお化け屋敷やる言うやろ。私ら劇しようということになったんや」

「そうか……」

まったく驚きだった。そんな相談がまとまっていることも不思議だったが、そんなに子どもたちが劇をやりたがっていることも驚きだった。まさか担任の思いを忖度してくれたわけではあるまい。

「君ら、そんなに劇が好きやったんか」

「うん。私は、四年になったらやりたいと思ってた。去年先生のクラスがやった劇も面白かったし」

去年も四年生を担任していた純一は、クラス全員で「大和川物語」という劇をやり、クラブ発表会では「ぼくらの夏の大冒険」というオリジナル劇を上演していた。

子どもたちは純一の演劇はいろいろ見ているし、演劇的な手法を取り入れた授業も経験してはいる。学年最後の参観日には何かやりたいとは思っていたが、その機会がこんなに早くやって来るとは思わなかった。

「それはうれしいな」

純一が笑顔でそういうと、麻耶はさらに驚くことを言い出した。

「それでな、先生。私らだけで全部やるから、まかせて」

「ええ」

「私ら、自分らだけでやってみたいねん」

自分たちでやるというのは素晴らしいことではある。しかし、それは純一の演出や指導を拒否するということでもある。果たしてどんなものができるのだろうか。自信はあるのか。

「そやから、先生、私らが練習する場所だけ取って。あ、それと、ひょっとしたら、音楽のテープとかは貸して」

「わかったけど……それで、なにをやるつもりなんや」

「さよならレオナ」

「ええ、その劇知ってんの」

「うん。先生の後ろの戸棚にあった劇の本から見つけたんや」

それも驚きだった。「さよならレオナ」は、さとうまきこの「宇宙人のいる教室」という児童文学を脚色したもので、I書店の「心と体で表現しよう」という総合学習シリーズ本に掲載されている。ガラス戸棚に入れていたいくつかの演劇関係の本を麻耶たちはいつの間にか読んでいたのだ。

重ね重ね驚かされたが、明らかに喜ぶべきことだった。「さよならレオナ」は中学年向きの作品だし、クラス全員の出演も可能だ。三〇分くらいかかるが舞台発表枠も広がったので、上演は不可能ではない。

このことを純一はその日の帰りの会で報告した。

「女子がそう言うてるけど、認めていいかな。男子としても意見があったら言うてほしい。今日はもう時間がないから、明日学級会を開いて、クラスとしての取り組みを決めようと思います」

純一がそう言うと、男子はすぐに反応した。

「ぼくらも劇でええ」

「劇やりたい」

こうして純一のクラスは、全員で劇をやることに決まったのだった。

4

学校の中と外で忙しいけれども充実した日々を過ごしていた純一だったが、思いがけないことが起きた。

いつものように、職場を出た後、すすめる会の事務所に立ち寄り、少し作業をして九時頃に帰宅すると、妻の久美子が待っていた。

「お帰り、ご飯は」

「まだ。真紀は」

「寝た」

「そうか」

そんなやり取りの後、純一は食卓に着いた。昨日の作り置きのカレーと野菜サラダを食べているのを、久美子は何も言わずに見ていたが、食べ終わると同時に話しかけてきた。

「真紀が、学校へ行ってないんよ」

「え、どういうこと」

「私が出た後、帰ってきてたんやて。昨日と今日と」

息が止まるような驚きだった。そんなことは考えてもいなかったのだ。

「私の職場に学校から電話があって、初めて知ったんよ。昨日も留守電に入ってたんやけど、うっかりしていて」

「真紀はなんか言うてたんか。しんどいとか休みたいとか」

「何にも言うてない。昨日も、今日も行ってきます言うて出かけてた」

聞けば聞くほど驚きだった。真紀はまだ二年生だ。少しわがままかもしれないが、普通の元気な子で、保育所の時も目立ったトラブルはなかったし、入学してからもこれといった問題はなかった。いや、それは気づかなかっただけかもしれない。問題がなければそんなことは起こるはずがないのだ。

「先生はなんて言うてる」

「学校でも特に変わった様子はなかったいうてるんやけど」

「いじめとかも」

「ないて言うんやけど」

「真紀はどういうてるんや」

「しんどくなったから帰ってきたっていうんよ」

久美子は、できるだけ穏やかに真紀と話しあったという。お腹が痛くなったから帰ってきてトイレに行ったけど、出なかった。遅刻していくのがいやだったから、そのまま家にいてた。黙っていてごめんと謝ったそうだ。

一時的なことであればいいが、明日も同じことが繰り返されるのではないだろうか。

二人とも教師でありながら、わが子の登校拒否にぶつかるとは思いもしなかった。純一は、やっていることのすべてが音を立てて崩れていくような気がしていた。

翌日、純一は前半休を取ることにして、真紀を送り出した。いつものように朝食を食べた真紀は、八時過ぎに全く普通に出かけて行った。久美子も出勤していった。

九時になっても真紀は帰ってこない。この分なら大丈夫だと、出勤した純一だったが、念のために職場から自宅へ電話すると、なんと真紀が出てきた。

「もしもし、」

その声を聞いて、純一は絶句した。なぜ真紀がいるのだ。

「真紀ちゃんか。学校は」

「……」

「帰ってきたんか」

「……うん」

純一はすぐにでも家に帰りたかった。だが。今日はそんなことはできない。妻に連絡をし、早めに帰ってもらうこと、学校へ連絡することなどを頼んで教室に戻った。激しい疲労感を覚えていた。

その晩、組合関係の会議を欠席して早めに帰った純一は、久美子と話しあった。

「何か原因があるはずや。担任が気付いてないだけと違うか」

「そうやね。とにかく、先生と話し合わなあかんね」

現在の担任は、この九月から産休代替できた人で、早期退職したと思われる若い女性の教員だった。けっこう子どもに厳しい人のようで、真紀があまりなじんでいないような気はしていた。九月の参観で、国語の授業をしていた時、参観している保護者に意見を求め、久美子に指名した時は、この人は先生ですなどと言ったらしい。少し呆れ気味に話す久美子に、苦笑しただけだったが、今となると、何かしら担任の指導も気になる。

「あんまり子どもの気持ちを考えずに、押しまくる人と違うかなと思うんやけど」

そうかもしれない。しかし、純一はあまり担任のことをどうこう言いたくなかった。自分もいろいろ行き届かないことはあるし、保護者にいちいち目くじらを立てられたらしんどいという気持ちもある。

「ともかく明日相談に行こう」

「うん、私はちょっと明日は無理」

「ぼくが行くよ」

「お願いするわ」

今までのことを反省しつつ、親としての責任を強く感じる純一だった。


翌日、真紀は朝からしんどいと言って、なかなか起き上がらなかった。明らかに不登校児の症状だった。

朝食のテーブルには着いたものの、ほとんど食べようとしない。

「学校、行くのしんどいか」

黙っている真紀に純一は笑顔で言った。

「しんどかったら休んでいいよ。何日でも休んだらええ」

驚いたように見返す真紀に、純一は何度もうなずきながら言った。

「学校なんか、別に休んでもかまへんのや。行きたくなったら行ったらええんや。それだけのことや」

久美子も少し驚いていた様子だったが、「そうやで」と合わせてくれた。

真紀の顔が明るくなったように見えた。

「その代わり、自分のことは自分でやらなあかんよ。朝、お弁当作っとくから、それを食べて、ちゃんとお母さんの帰って来るのを待つんや。できるか」

真紀は大きくうなずいた。


この一言が真紀をずいぶん楽にさせたようだった。その日は休んだが、翌日の朝、クラスの友達が誘いに来てくれると、意外なほどあっさり登校していった。

「不登校になりかけていますので、家でも気をつけますが、学校でもご配慮をよろしくお願いします」

この純一の言葉を受けて、担任が子どもを差し向けてくれたのだ。無事に登校が続き、土曜日の午後を迎えた時、純一と久美子は思い切って、真紀を連れて一泊旅行に出かけた。白浜へ行き、マリンワールドを訪ねる旅だったが、家族の会話は随分弾んだ。夜はトランプで遊び、純一の得意な本の読み聞かせもした。

真紀が寝付いた後、二人は遅くまで語り合った。

「あの一言がよかったんやね」

「そうやな」

「よう思い切って言うたね」

それは、「不登校の子にがんばれは禁物」という、純一の教師としての経験から来た言葉だったが、確信があったわけではなかった。とっさの思いだった。

「これから、もう少し、親としての責任を果たせるようにするわ」

「そうして」

久美子は純一をじっと見た。

「あなたは、よその子どもには一生懸命やけど、うちの子に責任を持つのは私らだけなんやから」

黙って純一はうなずいた。

5

純一は、真紀の様子に気を配りながら、しばらく滞っていた構成劇の台本執筆に取り組んだ。家に帰るとどうしても眠く、連日、五時に起きて、一時間ほど執筆するというのが習慣になっていた。宮岸から提供してもらった戦前の教育現場の授業記録などの資料も活用し、着実に執筆をすすめた。

最初は、コール中心に現在の教育現場の実態を語って行く。続いて、この間問題になっている採用前研修の問題を取り上げ、そこから、戦前の教育にタイムスリップさせる。そして、臨教審答申の批判へと進み、最後は決意表明的なコールと合唱で締めくくろうというものだ。

タイトルは「今、春をよぶ風が……」とし、エンディングにみんなで「おーい春」の最終章を歌うことにした。「おーい春」は、学童保育をモチーフとした佐伯洋作詞、中村茂隆作曲の合唱組曲で、関西合唱団をはじめ、広く歌われている。市教組でも知っている人は多い。エンディングにぴったりの内容だと思った。

二週間ほどかけて、一通り書き終えたところで、久美子に作品を見てもらうことにした。日曜日の朝、朝食後のコーヒーを楽しみながら、原稿を見せると、久美子は熱心に読み始めた。

「どんなもんかな」

純一としては褒め言葉が聞きたかったのだが、久美子は軽く首をかしげている。あまり感心していない様子だ。俊一はちょっと後悔した。妻に辛口の批評をされるのは、他人以上に落ち込む。

「気持ちはよくわかるし、いいと思うけど」

久美子はちょっと考えながら続けた。

「研修することがすべて悪いという風に受けとられるのはどうかと思う。私らにとって、研修は大事なことやから」

純一ははっとした。確かに官製研修や、採用前研修を批判しているトーンが強く、学ぶことの大切さは語られていない。しかし、組合や民間教研などで、力をつけることはもちろん大切だし、そもそも、この構成劇を上演する集会自体が教育研究集会なのだ。

さっそく純一は、ワープロに向かった。私たちはもっと学びたいという青年教師の思いを言葉に表したのだ。

私は教師です
だから私は学びたい

この言葉に始まって、学ぶことの大切さを語りかける言葉を何度も書き直しながら、純一はがんばった。

こうして完成した台本を実行委員会に提出し、早速宮岸の演出によるけいこが始まった。もう本番の一一月第一土曜まで幾日もない。コールは、台本を持ったまま読むことができるので、セリフを覚える必要はないのだが、劇仕立ての場面はできるだけ覚えて演じてほしい。

出演者は約二〇人。合唱隊として参加する人を加えて約三〇人が集まった。ほとんどは各支部の青年部員だが、一部には、地域の劇団に所属して活動している組合員なども参加している。彼らには、スタッフの仕事も手伝ってもらいながらの稽古だ。保育連を通じて要請した学童保育の子どもたちも、日曜日には稽古に来てくれることになった。

宮岸はかなり厳しい人だが、笑顔を絶やさず、時どきは自分でも演じながら指導していく。稽古の後は、居酒屋に立ち寄ることもあり、職場の様子が交流された。

純一は、客席から全体をゆっくり見るつもりだったが、一人でも多くということで、合唱隊に組み込まれた。

合唱指導に来てくれたのは、大阪市役所の合唱団で指揮を務めている立山という人だった。三〇代くらいに見える若々しい人だ。

「歌詞をしっかり読み、作詞者の思いを考えて歌いましょう」

何度もそう繰り返しながら、歌唱指導する様子を見て、ふと純一は思った。歌もセリフも同じなのだ。書かれている言葉をしっかりと読み込む必要があるのだと。それにしても、キーが高い。最後の「あー」と歌い上げるところがなかなか出ない。キーを下げてくれたらいいのにと思ったが、合唱ではそんなことはしないようだ。

「何度も歌っているうちにちゃんと出るようになりますから」と立山は確信ありげに言うのだが、なかなかその日は遠いという気がした。

宮岸は、戦時下の場面で「勝ち抜くぼくら少国民」という歌を取り入れた。

勝ち抜くぼくら少国民
天皇陛下のおんために
死ねと教えた　父母の
赤い血潮を受け継いで
心に決死の白襷
かけて勇んで突撃だ

純一は、初めて聞く歌だった。幾つか軍歌は知っていたが、ここまでどぎつく、しかも子どもたちに歌わせる歌には、少なからず衝撃を受けた。こんな歌を教室で歌い、子どもたちが戦場へと駆り出されていったのだ。

戦時下の教員役を演じることになった、吉村明子という青年教員は、セリフを読みながらしばしば言葉を詰まらせた。

「私の言葉に、子どもたちが。はい！　と返事するのを聞いていたら、私の中で、何かが音を立てて変わったような気がしたんです」

吉村は、演じることで、改めて戦時下の教育のすさまじさを、つかみとったようだった。

6

一足早く、校内での文化祭に向けた演劇の取り組みが始まっていた。子どもたちから「自分たちにまかせて」と言われていた純一は、口出しをせず、脚本の印刷や、練習場所の確保だけを行い、子どもたちの様子を見守ってきた。もちろん、まかせると言ってもやらせっぱなしにするわけにはいかない。稽古の現場にはついていなければならない。

「さよならレオナ」は、宮沢賢治の名作「風の又三郎」と物語の設定がよく似ている。不思議な転校生がやってきて、また去って行くという物語だ。転校生のレオナは、宇宙から来た少年という設定なのだが、もしかしたら思い込みかもしれないという微妙な作り方になっている。レオナを巡って、クラスでいじめ問題が起こり、観客になぜいじめが起こるのか、どうすればよいのかを問いかける物語になっている。

子どもたちは、台本を配った翌日、早速配役を決めた。役の希望を取り、重なったら、投票で決めるというやり方だ。一人ひとり決めて行くので希望通りに行かなかった子は、次々と違う役を希望することができる。誰も希望しない役は、じゃんけんで決める。

一応民主的なやり方だと言えるが、いろいろ問題点もある。本当に適切に役が選ばれるのか。人気投票になってしまわないか。もう少し、みんなで読み合わせをしてから決めた方がいいのではないか。そのほかいろいろ思うことがあったが、純一は何も言わずに見守って行くことにした。主な配役は、レオナのほか、彼をいじめるボスや、かばう正義派の少年など、数人で、あとはクラスのその他の子どもたちである。あまりセリフもないので、やりがいがないと思う子もいるだろう。そのあたりもどうしていくか気になったが、ともかく任せることにした。

二回ほど稽古をした後、早くも破綻が生じた。麻耶と並んで女子の中心的存在の緒方千佳が、劇をやめると言いに来たのだ。

「どうしたんや、急に」

「あの子らひいきするから」

千佳の言い分では、麻耶たちのグループが、主な役を独占したということだった。男子も同じような不満を言っているという。

「前田君なんか、めっちゃうまいのに、どの役も落ちた。麻耶と仲ええ子ばっかり」

千佳の言うことも、かなりもっともだった。純一の目から見ても、前田満は朗読のうまい子だ。しかし、その他大勢の役しか回ってこなかった。好きなものどうしが投票するという弊害が出たようだった。

千佳と一緒に五人ほどの子がやめると言っている。授業ではなく、言わば自主的な取り組みだから、無理矢理やれというのもおかしいし、かといってやめた子を除いて取り組んだら、クラス全体の取り組みと言えなくなる。配役を決め直せと言っても、今度は麻耶たちが納得しないだろう。やはり、子どもたちに任せたことが、無謀だったのだ。

純一は、明日、みんなで話しあおうと言って、ひとまず話を終わり、どうすべきか考えをめぐらした。

自分が主導でもう一度指導をやり直すか。それは麻耶たちのやる気を削ぐ。いっそ劇をやめてしまうか。そんなことをして、いまさら何をするというのだ。

純一はさんざん考えたあげく、思い切って一つの提案をすることにした。

次の日、純一は子どもたちに向かって語りかけた。

「どうやろ。配役でもめてたら、劇やっても楽しくない。みんなは、劇団と違うから、上手下手や人気で役を決めることにも無理がある。かといってくじ引きやじゃんけんも。やっぱり不満な子が出てくるやろ」

子どもたちは黙って純一の話を聞いている。だからどうするんやという表情だ。

「どうやろ。主役とかのない劇やらへんか」

「そんな劇あるの」

「うん。先生が書いた劇や」

純一は「空気がなくなる日」という脚本を子どもたちに紹介した。「空気がなくなる日」という物語は、岩倉政治の有名な児童文学で、映画化もされている。およそ七〇年ほど前、北陸の小さな村で、ハレー彗星が近づき、一〇分間だけ空気がなくなってしまうといううわさが流れ、それを信じた村人や学校の必死の人間模様が描かれる。

バケツに顔を突っ込んで息を止める訓練が描かれ、それではどうにもならないと自転車のチューブが暴騰する。学校では、富裕な地主の息子だけがそれを首に巻いて登校し、最後の時をみんなで迎えるが、結局何もなかったというお話だ。噂に踊らされる人々を描いて、科学的な物事の考え方がいかに大切か考えさせる作品だ。

三年前、トイレのドアをたたくと誰もいないのに返事が帰って来るといううわさが流れ、子どもたちがドアをたたいて壊してしまうという事件があった。純一はこの時、噂に惑わされるのではなく、科学的、自主的に物事を考えることの大切さを教えたいと思ってこの作品を劇化したのだった。そして、教室の中で、クラス全員が出演できるように、二〇分程度の劇にまとめたのだ。校長先生や若い女性教員に少しセリフが多いが、ほとんど全員が平等にセリフを与えられている。

子どもたちは、純一の説明を聞き、この純一の提案に、あっさりと賛成した。面白そうや、やろうという雰囲気だった。

こうして新しいスタートが切られた。


「空気がなくなる日」は、教室で上演することを設定している。全体として教室の中でドラマを進行させながら、いろいろな場面を降り組んでいくのだ。

「机を一〇個くっつけて、舞台を作ろう」

早速、子どもたちは、机を教室の前に固めようとした。

「ごめんごめん、説明不足やった。横にするんや」

純一は黒板に図を書いて考えを説明した。

「あのな。舞台は教室の前にせんと、横にするんや。廊下側を舞台にして、窓側を客席にするんや。こうすると、舞台の上手から下手までが広くなるし、廊下への出入りが簡単にできる。つまり廊下が舞台裏になるんや」

机をかためて舞台にし、その前を半分ほど使って普通の教室と同じように並べる。そして、残りを客席にする。

「教室の場面に出る子はそのまま席についておき、その他の役割の子はいったん廊下に出ておくんや」

純一の説明を子どもたちは興味深そうに聞いていた。

「劇の初めはどうするんですか。幕もないし」

麻耶の質問に、純一は、よくぞ聞いてくれたとうなずいた。

「カードと太鼓で始めようと思うんや」

最初に太鼓をどんと叩くと、机に座っている子どもたちが一斉に机に置いてあるカードを一斉に客席に向かって上げる。「空」「気」「が」「な」「く」「な」「る」「日」というカードが読み取れる。次の太鼓で「今から70年ほど前」さらに「北陸地方の小さな村」と続き、太鼓が連打される。こうして劇の世界がスタートするのだ。

最初は子どもが二人、舞台に上がり、「なあみんな聞いてくれや」と話しかけ、机に座っている子どもたちとやりとりする。そこへ先生が登場し、教室の場面となる。先生とのやり取りが一段落して、子どもたちがお習字を始めると、先生が舞台に上がり、職員室前のやり取り、続いて校長の登場というわけだ。こんな風にして、教室の中と舞台の上の空間が交互に使われ、劇が進行する。最後は教室の場面で締めくくり、子どもたちが「おしまい」というカードを上げる。

子どもたちはすっかり乗り気で、配役をトントンと決め、稽古に没頭していった。純一は再び口出しを控え、子どもたちに思うまま稽古をさせた。校長役、村人役、大人の役を子どもたちはそれなりに面白そうに表現していった。

7

一一月最初の土曜日。いよいよ純一たちの取り組む教研集会の日が来た。この集会を成功させれば、次の週は児童文化祭だ。純一にとっては大きな仕事が一挙に見舞うという、めったにないことだった。

授業が終わると同時に、純一は職場を出て、谷町筋の中小企業文化会館に駆け付けた。ロビーに入ると、田辺書記長たちが、資料の折り込み作業に取り組んでいた。

「ご苦労さんです」

「おお、小宮さん、早かったな」

田辺は笑顔で純一を迎えてくれた。

「出演者の控室は上手の奥や。お昼用意しといたから、みんなで食べて」

「ありがとう。ほな」

控室に入ると、事務局が用意してくれたパンとおにぎりが積み上げられている。集まってきた出演者とつまみながら、出番を待った。

開会の二時になると約四〇〇席の会場はほぼいっぱいになった。開会あいさつ、「現代の子どもと教育改革」と題した三宮敦美教授の記念講演が続き、いよいよ純一たちの出番だ。

講演の後、一〇分間の休憩がある。演壇が片づけられ、出演者一同は舞台の上に集合した。演出の宮岸はみんなに向かって言った。

「これから演じる内容はすべて真実です。みなさんの職場の現実です。そして歴史の真実と現実政治の真実です。言葉に確信をもって、語りかけていきましょう」

宮岸はみんなの立つ位置を確認し、客席へと移動した。いよいよ幕が上がる。

「それではただいまから構成劇「今、春をよぶ風が」を上演します。この構成劇は、本集会の基調報告として上演されます。作、小宮純一、演出、宮岸信夫、指揮、立山孝　今、春をよぶ風が。開幕です。」

司会者の言葉で幕が上がった。舞台にはコールが八人並んでいる。純一は上手の袖から舞台を見守った。

「今、私たちは」

「今、私たちは」

この呼びかけに続いて、厳しい職場の状況が語られていく。

「空は真っ青に澄んでいるのに

今、私たちは

職場へ行くのがつらい」

コールの一人ひとりが順番に立ち位置を変えながら語る。

「五時一五分になった……職員会議はまだ終わりそうにない。そっと音を立てずに席を立って、教頭先生の席へ頭を下げに行く。息せき切って保育所へ。六時二五分……今日も、残っていた子は、わが子一人だけだった……」

「ゆうべも赤ペンを握ったまま、机に突っ伏して眠ってしまいました。はっと気がつくと、子どもたちの日記帳が真っ赤に汚れていました。……台所に行って、冷たくなったお茶を飲み、汚れた茶碗を洗いました。二時半でした」

次々と語られる言葉に、会場の参加者はうなずいている。荒れる学級。研究会の押し付けによる多忙化、体調不良を押して出かける職場。一つ一つ、純一が取材し、組合ニュースから拾い上げ、語り合ってきた教職員の姿だ。

「今、私たちは一人で悩んでいてはいけない」

「今、私たちは」

「ともに悩み」

「ともに考え」

「ともに喜び」

「ともに切り開く」

この辺りはどうも言葉が上滑りしていると宮岸に指摘されていた。だが、今聞いていると、どうやら素直に聞ける。

コールたちが退場し、舞台は小学校の職員室になった。この間問題になってきた、「採用前研修」の問題を議論する場面だ。「採用前研修」は、採用前の教員を学校現場で受け入れ、適当な指導者をつけて二二日間研修させるというものだ。

「すすめる会」では、この制度は臨教審でいうところの試補制度を先取りしているとして反対してきた。しかし、市教組本部は分会で意義がなければ認めるという態度を取り、同和校などで受け入れが進んだ。純一はこの問題と併せて、新任研修や研究指定校など、激しさを増している官製研修の押し付けを告発した。

「一年間に二〇〇種類の研修会」

「週に三日も現場を放って通う人たち」

「正座させられ、叩かれたという新任研修会」

「ああ、研修は何のために」

「研修は誰のために」

この告発の後、一人のコールが進み出る。

「私は教師です

だから私は学びたい

もっと子どもたちがかしこくなるように

もっと子どもたちがやさしくなるように

私はうんと学びたい」

コールは、数々の具体的な教育実践課題を語り、最後にこう結ぶ。

「そして何よりも大切な、
教師としての生き方を
そう、いっぱい、いっぱい学びたい
それは　私たち教師のねがいです」

この語りかけには、会場から拍手が起こった。

民主的な研修を求めるコールに続いて舞台は戦前の教室にタイムスリップした。

唱歌「日の丸」が流れ、子どもたちに向かって、吉村演じる女性訓導が語りかける。

子ども役は、学童保育の子どもたちだが、青年部員も交じっている。

「平和を愛する我が国が、なぜ戦争をしているのですか。……はい、太郎君」

太郎役の子どもが元気よく答える。

「はい。シナの国民政府は、我が国が、かねてから、東洋平和のためにと尽くしているその真意をわかろうとせず、排日、抗日などと唱えているからです」

会場が少しざわめいた。子どもの発言が続く。

「はい。それにシナはロシアの共産主義を取り入れて、我が国にたびたび無礼をしかけたので、その誤りを反省させようとしたのに、少しも聞き入れず、戦いをしかけ、東洋の平和を乱したからです」

吉村は笑顔で語りかける。

「よろしい。よく答えられましたね。では、今度のシナ事変を聖戦、正しい立派な戦だというのはなぜですか。はい、武君」

「はい。シナの国民政府や、その軍を滅ぼすことは、日本のためばかりでなく、シナの善良な国民を救うことになり、わが皇恩に浴せしめて、東洋平和を築くことになるからです」

子どもたちの次々と続く発言に、会場は集中している。その勢いが稽古の時とは全く違う。

吉村が、締めくくりの言葉を強く放った。

「みなさんも大きくなったら、お国のために、天皇陛下の立派な赤子として働くのです。それまではしっかり体を鍛えて、どんな苦しいことにも耐えられるような、立派な少国民となりましょう。では、みんなで、勝ち抜くぼくら少国民を歌いましょう」

子どもたちの歌にダブって、「海ゆかば」のメロディが流れ、戦争時の様子がスライドで映し出される。終戦を告げる天皇の放送が流れ、有名な詩が朗読された。詩を読むのは、「すすめる会」の代表を務める、元市教組本部書記長の崎山だ。宮岸の要請で、崎山が出演を引き受けたのだ。

「逝いて還らぬ教え児よ
私の手は血まみれだ

君を縊ったその綱の
橋を私も持っていた
しかも人の子の師の名において
嗚呼！
……」

雄弁家の崎山の声は朗々と響く。

「緑の山河」が流れ、戦後の民主教育の歩みが語られ、現在に至ったところで中曽根総理の顔が映し出された。中曽根の声が響く。

「日本とアメリカは運命共同体であります。……防衛力を増強して日本列島を不沈空母化しなければなりません。……我々は、行革でお座敷をきれいにして、そこに立派な憲法を安置する決意であります」

戦時下の教育を描き、今日の政治と教育の危険性をえぐろうという、純一と宮岸の思いはいよいよクライマックスを迎えた。臨教審答申の問題点を追及する、まさしく基調報告だ。崎山の語りが続く。

「この答申には、教育基本法の中心理念である『平和、真理、正義』や『基本的人権・学問の自由』は一言も出てきません。代わりに『崇高なものへの畏敬の念』『国を愛する心を育てる教育』『日本人としての自覚をはぐくむ』といった言葉が盛んに出てきます。『戦後教育の総決算』をして『不沈空母の乗組合員づくり』をすすめようという中曽根臨教審の狙いがはっきりわかるというものです」

答申への具体的な批判の後、いよいよ最後のコールとなった。

「今、私たちは

「今、私たちは」

「歴史の分かれ道に立っている」

「再び教え子に銃をとらせる道か」

「教え子を再び戦場に送らぬ道か」

「歴史的な岐路に立っている」

音楽をバックにコールはたたかいの決意を歌い上げ、最後のフレーズを語った。

「あなたの職場の窓に」

「なにわの街から街に」

「かけていく子どもたちの背中に」

「今、春をよぶ風が」

合唱隊が登場する。純一も一番端にならんで立った。「おーい春」の合唱だ。

「今寒い風が激しい渦を巻いている」
というフレーズで始まり、厳しい暮らしの状況を歌い「子どもたちの明日を戦争に捧げることはできません」と平和の問題を訴え、最後に希望を歌う。

「おーい　春
やってこい　春
春　来い
ちからづよく　来い　春
ふりむかないで　来い　春
生きのいいヤツ　春
みんなの　春
やってこい
いのち芽ぶく春よ」

純一は力いっぱい歌った。この台本に込めた思いをすべてこめて歌った。
歌い終わると大きな拍手が会場いっぱいに長く続いた。

8

教研集会が無事終わり、その晩の打ち上げ会は大いに盛り上がった。参加者も満足して帰ったということで、純一と宮岸は、第一の功労者として、その努力を高く評価された。

純一は改めて思った。自分の書いた台本は、平凡な言葉の積み重ねに過ぎない。しかし、それを演出が解釈し、深め、出演者が心を込めて表現する。こうして初めて、観客に感動と共感を与えることができるのだ。理屈では分かっていたが、これほど強く感じたのは初めてだった。

同時に、稽古の時とは違って観客と響きあうことによって出演者はどんどん変わって行く。そのことも実感することができた。

ともあれ、無事に終わった。これでしばらく児童文化祭と授業に集中できる。

純一は満ち足りた夜を過ごし、翌日曜日は、家族で遊園地に出かけ、リフレッシュして月曜日を迎えた。

またあわただしい一週間が訪れる。授業はもちろん、児童文化祭の諸準備や、組合関係の仕事をこなし、迎えた金曜日の昼休み、崎山から電話が入った。話があるので会いたい。職場の近くまで行くから、時間と場所を決めてほしいというのだ。話とはなんだろう。純一はいくぶん緊張しながら、天王寺ステーションビルの喫茶店で、六時に会うことを約束した。

純一が待ち合わせの場所に行くと、崎山がすでに来ていた。

「ご苦労さん。いい劇やってくれてありがとう」

「いいえ、先生も熱演していただいて」

そんなやり取りがしばらく続いた後、崎山は本題を切り出した。

「小宮君。来年の役選で本部候補者になってもらいたいんや」

「ええ?」

崎山の言葉は驚きだった。純一は、青年部で活動し、支部のすすめる会で事務局の仕事を積み上げてきたが、親組合役員の経験はない。支部の役選にもいつも裏方だ。それは職場に石岡という先輩活動家がいて、候補者を引き受けてくれていたからだ。

「君のような文化的な力量を持った人にぜひ、本部役員になってほしい。今度の教研集会で示した実力を、ぜひ生かしてほしい」

しかし、それとこれとは別だ。支部役員ならまだしも、本部役員などあり得ない。むずかしいとは思うが、もし当選すれば、専従役員として職場からも離れることになる。そんな生活は想像もつかない。

そんな純一に崎山は言葉を続けた。

「君の所には、石岡君がいる。だから君は候補者に出る機会がなかっただけや。本来やれる人なのに、もったいない」

それなら、石岡を本部に誘えばいいではないかと言いかけた純一に、崎山は言葉を続けた。

「石岡君は南支部の柱や。いずれは支部長候補ということにもなるやろ。南が放さん。君はまだ、これからの可能性がいろいろある人や。そこを考えての方針や」

崎山は、いろいろな角度から純一に迫ってきた。もともと強い説得力と迫力のある人だけに、次第しだいに純一は追い込まれていった。

「来年の役選は何としても勝たないとあかん。君も知っての通り、日教組運動が、このままでは持たん。日教組運動を守るためには、市教組が変わらんといかん」

崎山は、なおも押してきたが、純一は、考えさせてくださいと言って、その場を逃れた。


純一は、崎山と別れた後、もう一度別な喫茶店に入ってしばらく考えた。強く断れば、無理押しはできない。少し気まずいが断ることはできる。だが、本当に断るべきだろうか。自分にはできないだろうか。どんなにか大変だろうと思いつつも、惹かれる気持ちが一方ではあった。それは、いつも歯切れよく演説したり、大教組の機関紙に登場したりする本部役員候補者に対するあこがれの気持ちかもしれなかった。

その晩純一は久美子に候補者の件を話した。

久美子は、黙って考えていた。

「どう思う」

「私にそれを聞くということは、引き受けろ言うてもらいたいんやろ」

「いや、そうでもないけど」

純一はドキッとした。確かに自分は、久美子に背中を押してもらいたがっていた。

「お父さんが、どうしてもやりたいんやったら反対はせえへんけど、私もいろいろしたいことはあるのわかってる」

「うん」

「ほな、一週間のうち、最低二日は、はよ帰ってきて、私の活動保証してくれる」

それは当然の要求だ。しかし、今でも連日遅くなっているのに、そんなことが約束できるだろうか。

考え込んでいる純一に、久美子は言い放った。

「前にも言うたけど、うちの子に責任を持つのは私らだけなんよ。私一人では困るんよ」

純一はとっさに言葉が出なかった。

「お父さん、真紀とどれだけふれあってる。こないだの日曜くらいやろ」

久美子の言葉は、純一の胸に刺さった。わかっていてもできないのだ。

では、みんなはどうしているのだろう。自分以上に忙しい活動家や幹部は、ちゃんと家庭のことに責任を持っているのだろうか。それとも、専業主婦のごとく妻が支えているのだろうか。あるいは祖父母の力を借りているのだろうか。

純一が真剣に考えているのを見て、少し久美子の口調が和らいだ。

「ゆっくり考えて。応援する気はあるから」

その晩の会話はそれで終わった。

翌日の放課後、純一は石岡の教室を訪ねた。石岡の意見が聞きたかった。

「ちょうどええ。おれの方も話したいことがあったんや」

二人は、勤務時間を終えると駅前の喫茶店に入った。学生が多く出入りする喫茶店だが、広いのでゆっくりと話せる。

何度もうなずきながら純一の話を聞いた石岡は、少し笑顔を浮かべながら訊ねた。

「それで、君の気持ちはどうなんや」

「迷ってる」

「そうか。当然やな」

石岡はしばらく黙っていたが、思い切ったように切り出した。

「実はな、おれは今年限りで転勤しようと思ってるんや」

「ええ。なんで」

「おれもうここで一〇年目や。来年、学級減の可能性もあるし、過員になれば、転勤せんわけにはいかんやろ」

「そんな可能性があるんですか」

「うん。来年の一年生はちょっと少ないかもしれんという話や」

「しかし」

「おれは、君にすべて後を頼んで転勤しようと思っていたんや」

石岡の言葉は驚きだった。石岡はとことん残留し続けると思っていたし、石岡の後継者になるなどということは実のところ考え及ばなかったのだ。

黙って考え込んだ純一に、石岡は、しきりに持ち上げるようなことを言い出した。

「君は、おれと違って柔軟や。解放派の連中にも好かれてる。貴重な存在や。」

いつになく石岡が持ち上げてくれる。

「おれが転勤したら、君が即立候補や。それも執行委員やのうて、書記次長クラスで出るべきや」

少し意外だった。これまで石岡にはよく批判されたし、自分は頼りないところがあるとみられていると思っていた。柔軟というが、それは裏を返せば原則的でないと思われているということではないのか。

「そんなわけやから、もし崎山さんが、君のことを、もったいないからから本部に出てもらおうと言うんやったら、もうその必要はない。もちろん君が出るつもりなら、おれは応援する」

それからしばらく雑談した後、ふと思いついたように、石岡が言い出した。

「子育てのことやけどな。おれのところは二人や。まあ、君と一緒で、いつもカミさんに押し付けてきたんやけどな。去年の秋から、近所に住んでる者同士助け合おういうことになってな。家族ぐるみで一緒に遊ばせたり、飯食わせたりして、何とかやってるんや」

「そうですか。それはすごい」

「保育所で一緒に過ごしてきたからな。子どももなじんでるし。まあ、こっちがしんどい時もあるけどな。お互い様やと思ってやってるんや」

そんな話は聞いたことがある。活動家同士、子育てのネットワークを作って行こうという話も耳にした。だが、現実に身近な話として聞くのは初めてだった。もし、自分たちもそれができれば、真紀のためになる。ゆっくり可能性を考えてみよう。


それから、石岡に誘われて、二人は近くの居酒屋に行くことになった。次第に酔いが回ったのか、「君はええ男や」とか「後は頼むぞ」と何度も同じことを繰り返す石岡に付き合って、帰りの電車に乗ったのは一一時過ぎだった。

純一は改めて考えた。本部役員になる前に、まず石岡の後を受けて、支部役員に立候補することが自然だ。支部レベルなら、自分にもやれそうだ。役員選挙の本番中は別として、日常生活なら久美子の言う週二日の早い帰宅も不可能ではない。そのことはちゃんとみんなに話して認めてもらおう。

そもそも、まだ来年過員になるとは決まっていない。過員になっても、他に出たいと言う人がいるかもしれない。その場合は、依然として石岡に頼ることになる。

いや、それはやはり甘い。いずれは石岡の転勤は来ることなのだ。石岡だけではない。今、同じ南大阪支部で活動している仲間も、いつ、だれが他の支部へ転勤することになるかわからない。自分の前を歩いていた人が去って行けば、当然バトンを引き継がなければならない。

石岡の言葉で、いったんは強いプレッシャーを感じた純一だったが、次第に気持ちは落ち着いて行った。

いつか本部に出るような日が来るかもしれないが、今はまだその時期ではない。いろいろな可能性に向かって、着実に進んで行けばいいのだ。

来週はいよいよ児童文化祭がある。子どもたちと共に必ず成功させよう。

純一は、久しぶりに子どもたちのやる劇のせりふを思い浮かべていた。

9

児童文化祭の日はさわやかな秋晴れだった。

開会式が始まり、児童代表のあいさつの後、K学園の子どもたちが、韓国の民族衣装をまとい、チャンゴと呼ばれる砂時計のような形をした太鼓を打ちながら登場した。農楽《ノンアク》という伝統的な民俗芸能だ。農耕に関する催事や農民の娯楽として発展してきたものだという。見ている子どもたちからも声援の手拍子が起こった。

続いて盲学校の代表も紹介され、地域の三つの学校の代表が朝礼台に上がって握手を交わした。大きな拍手がわき上がった。

少し離れて写真を撮っていた純一のところに同和主坦をしている松山が近づいてきた。

「小宮さん、ご苦労さん。ここまでようやってくれた」

純一は笑顔でうなずいた。

「今日はぼくらも楽しみましょう」

松山と握手を交わし、純一は、朝礼台の傍に戻った。六年生から順に動きだし、店の準備にかかるのだ。

運動場では、的当て、パターゴルフなどの準備が行われている。盲学校は盲の体験コーナーをセットしている。純一は教室にもどり、舞台設営をしてから、子どもたちを送り出した。午前中行われる催しは、前半と後半に分けられ、一〇時半から一一時の間は、途中の休憩となり、メンバーの交代や諸準備に当てられる。劇上演は一一時一〇分から一一時四〇分だ。一〇時半までは、純一のクラスの子は自由に好きなところを回れる。

純一は体育館に向かった。体育館では、各クラスの合奏や劇が行われる。ゆっくり観ておきたいがそうばかりもしておれない。会場を回って写真を撮り、トラブルがないかどうか見守るのが主な仕事だ。

一回りすると、前半が終わりになった。純一は急いで教室に戻った。すでに子どもたちも教室に戻って、打合せ通り服装を着替えている。七〇年前の村の雰囲気を出すために用意した寝間着や浴衣、それに半袖の下着などの服装だ。校長先生役や教員役もそれぞれの服装に着替えた。麻耶たちは、廊下に出て客の呼び込みを始めた。廊下にはポスターも貼ってある。

一一時になると次々と客が入ってきた。椅子席はほぼいっぱいになり、椅子の前に座り込む子どももいる。一一時一〇分。太鼓の音とともに、席についていた子どもたちがさっとカードを上げた。「空気のなくなる日」開幕だ。

純一は教室の隅に立ってじっと舞台を見つめた。教室の場面、職員室の場面、村の場面と物語は進み、次第に空気がなくなるという噂が村を支配する。そこで子どもたちが、息を止める訓練をする場面になる。

バケツを持った子どもたちが舞台に上がり、厳しい先生の指示で、バケツに顔を突っ込んで息を止める。空のバケツを、さも水がたっぷり入っているかのように、重そうに持って歩くのは、くり返し練習した場面の一つだ。ぎりぎりまで息を止めて、顔を上げてプハーと息を吐き出す子どもたちの演技には笑いが起こった。

「セリフはなくても、ここで演技力が試されるぞ」

純一が、盛んに言った言葉だ。

この懸命の訓練の甲斐もなく、自転車のチューブを買うしか生き残る道はないということになり、買えない家の哀しみが描かれ、いよいよ空気がなくなるというその日を迎える。その日は、学校で最後のお別れをすることになり、子どもたちは晴れ着を着て登校する。

担任の若い女の先生が、子どもたちにお別れの挨拶をし、先生の「みんなよくがんばったね。えらかったね」という言葉でみんな泣き出す。

集団的に泣く演技はそれほど難しくはなかったようだ。子どもたちは嘘泣きをしているうちにだんだん本当に悲しくなるらしい。すすり泣いている子がいる。

見せ場は次の瞬間だ。

村でただ一人、チューブを買ってもらった地主の息子大三郎が、チューブで首をぐるぐる巻きにして、登場する。その滑稽な姿を見て子どもたちが一斉に笑い出すのだ。

この場面もうまくいった。大三郎役の前田満が、いかにもいやそうにだらだらと登場した瞬間、子どもたちから笑いが起こり、客席にまで広がった。

「笑うんじゃありません！」

先生の声が飛ぶ。

「大三郎君も辛いのよ。先生にはわかっているわ。さあ、おかけなさい」

この先生の言葉は原作にはない。原作は、プロレタリア児童文学の趣があり、普段いばっている地主の息子に対する貧しい子どもたちの反感が込められていた。純一は今日的な視点から、ここを大きく書き替え、大三郎をおとなしい子にし、先生のいたわる姿を書きこんだのだ。

この時太鼓が鳴りだす。正午を告げる太鼓という設定だ。うわさではこの瞬間に空気がなくなるとされている。子どもたちは、次第に体を固くし、互いに抱き合ったり、机をたたいたりする。一二回目の太鼓がどーんと鳴った後、しばらく沈黙が続き、麻耶が大きな声で叫ぶ。

「なーんだ、まだ生きてら」

麻耶はこのセリフだけだが、存在感のある役だ。

子どもたちが生きてる、生きてるとざわめきだし、喜び合う。歓喜の思いを表す音楽が流れ、先生役のセリフで劇は終わる。

「それにしても、どうしてこんなうわさが流れたのでしょう。なんでもチューブを売りつけようという人たちが流したたちの悪いうわさだったようです……」

子どもたちが太鼓の音と共に「おしまい」というカードを上げ、一斉に立ち上がって礼をした。

こうして劇は無事終わった。

観客の子どもたちが教室を去ると、純一は子どもたちに向かって何度も「よくやった。素晴らしかった」を連発した。子どもたちは歓声を上げ、無事にやり遂げた喜びを爆発させた。

演劇が子どもたちをまた一つ成長させてくれた。教研集会では自分も成長させてもらった。この演劇を自分は握って放さないで生きて行こう。組合活動と、教育活動。その二つを演劇で重ね合わせていくのだ。

純一の心は晴れやかだった。これからいろいろな試練が来ても、立ち向かっていこうという思いがみなぎっていた。

第四章　船出の時

1

波乱の一九八六年が暮れようとしている。

大阪市立Y小学校に赴任して一〇年目を迎えた純一は、この秋、中心となって取り組んだ児童文化祭を無事終え、待望の冬休みを迎えた。

冬休みは、組合主催のスキーツアーが組まれているのだが、純一は、妻の久美子と娘の真紀ともども山陰へ家族旅行に出かけた。二泊三日の旅を楽しみ、英気を養って帰り、すこしのんびりと正月を過ごすと、三学期がもう目の前にあった。

三学期は純一にとってはいつも厳しい時期になる。学級の締めくくりとして大事な時期だが、同時に役員選挙をたたかう時期でもあるからだ。

教師になってから、純一はずっと役員選挙をたたかってきた。所属する大阪市教職員組合・市教組が、社会党一党支持を掲げる現執行部派と、共産党系と言われながら政党支持の自由を主張するグループに大きく分かれて役員選挙を続けてきたからだ。このグループは「職場の民主化と革新統一をすすめる会」・通称「すすめる会」を組織していた。

純一が、この「すすめる会」のメンバーとなったのは、「八田問題」と呼ばれる事件をきっかけとする部落問題・同和教育の在り方を巡る問題だった。教職員寮で共に過ごしていた仲間が、差別者と呼ばれ、部落解放同盟や市教組役員たちから理不尽な糾弾を受け、年度途中で職場も配転されて、教育研究所で研修を命じられるという事件を目の当たりにし、これらの教職員を守ろうとする人々に接近していったのだった。

「すすめる会」は、政党支持の自由を貫き、革新統一を掲げる大阪教職員組合・大教組に結集していたが、市教組は、大教組執行部に対立する反主流派だった。さらに、全国組織の日教組の中では、大教組は東京や京都の教職員組合と共に、反主流派という立場にあった。そして今、日教組は、日本の労働組合が、「連合」中心に、右寄り再編の流れへと進む中で、大きな岐路を迎えようとしていた。大教組は、日教組がこうした流れに組み込まれることに反対し、「連合」不参加を訴え、「教え子を再び戦場に送るな」という日教組の伝統を守ろうと主張していた。純一も、この立場に立つ「すすめる会」の一員としてたたかいつづけてきたのだった。

純一たちは、毎年成人式の頃に合宿して役選政策を練り上げ、臨戦態勢に入る。二、三月は、連日深夜に帰宅するという日々が続く。しかも、今年からは、転勤する先輩活動家石岡の後を受けて、自分が候補者としてたたかうことになる。幸い今の学級は落ち着いているから、あまり心配せずにたたかえるだろうが、最後の学習参観をはじめとして、やりたいこと、やるべきことは多くあるし、クラブ発表会もある。正月の三日が過ぎると、気持ちはすっかり引き締まっていた。

そして、純一にはもう一つ大きな課題があった。かねがね分会で相談していた卒業式のことだ。君が代・日の丸のない、子どもが主人公となる卒業式を実現しようというのが、大きな目標だった。Y小では、君が代の歌唱や演奏は行われておらず、フロアー式で、子ども中心と言っていい卒業式がずっと行われてきたが、壇上には日の丸が掲揚されている。それを取り外して、子どもたちの手作りの作品や言葉で式場を飾ろう。そしてフロアー式と呼ばれる形で、対面式の卒業式をやろうというものだった。

純一は、始業式の前日、出勤してきた解放教育推進派の松山同和主坦に話を持ちかけ、意見を調整した。

「どうやろ。分会と同和教育部の共同提案ということで、職員会議に提案せえへんか」

純一のこの提案に対し、松山はすぐ賛成してくれた。それなら六年とも協議し、三者の共同提案にしようというのが、彼の意見だった。

「今の六年のメンバーなら、賛成してくれるで」

松山はそう言い切った。確かに、六年の主任の長島は、松山たちと共に、市教組執行部を支持している。長島中心に学年の意見はまとまるだろう。三者共同提案ということになれば、ほとんど職場全体の合意と言ってもいいくらいだ。管理職がどう言うかは未知数だが、粘り強く訴えかければ賛同してくれる可能性はある。

昨年から赴任してきた西谷校長は、温厚な人で、純一たちの要求にもよく耳を傾けてくれる。夏休みの公費出張に、民間教研集会の参加も認めることや、日番と呼ばれる教員の当番制の軽減にも応じてくれた。この校長ならきっと賛同してくれる。

三学期、最初の職員会議で、純一たちはこの問題を提起した。三者を代表して提案を任されたのは純一だった。

「卒業式は国家の行事ではありません。父母、教職員が心を込めて、巣立ちゆく子どもたちを祝う場であり、六年の先生方にとっては最後の授業です。子どもたちが主人公となるフロア式の卒業式に日の丸はいらないと思います。手作りのパネルで門出を祝いたいと思います」

職員室は静かな雰囲気だった。校長はじっと考え込んでいる。

「この提案は、突然思いついたものではありません。長年にわたり、Y小の先輩たちが望んでこられたことです。今回の提案は、そうした思いを引き継いで、真剣に話し合い、一緒に提案しようという思いが、組合サイドだけではなく、卒業生を送り出す六年担任の先生方の思いとも完全に一致を見た提案であり、本校の人権教育を推進する同和部会のみなさんのご意見とも重なり合った提案です。校長先生はじめ、全教職員のみなさんのご賛同をいただき、みんなの総意として、子どもたちや保護者の方々に伝えることができるよう、心からお願いを申し上げて、提案といたします」

司会者のリードで、三人が発言した。どれも賛成の意見だった。反対はいない。

ややあって教頭が立ちあがった。

「先生方の意見はよくわかりました。しかし、私たちは、それほど勇気のある人間ではないのです」

教頭の発言は、地域社会の反発が怖いということだった。学校としてはそれで好くても、ＰＴＡや町会役員など地域の人たちが黙っていないだろう。反発は必至だというのである。

純一は、思わず手を上げた。

「管理職の先生方だけを矢面に立たせるようなことはしません。提案したものとしての責任があります。抗議に来られるなら私たち分会役員も、一緒に抗議を受けますし、こちらから説明に伺います」

とっさにそう言いながら、純一は実のところ、それは大変なことだと思った。経験したことのない苦労が待っているかもしれない。だが、引き下がるわけにはいかない。

松山も座ったまま発言した。

「いつでも行きまっせ」

校長がうなずいた。

「提案を了解します。いい卒業式にしましょう」

拍手が起こった。純一は、思わず涙がこぼれそうになった。


その日、純一は松山達のグループに誘われて、飲みに行った。和やかに話しながら、ビールを重ねているうちに、ふと松山が聞いてきた。

「小宮さん、今年は役選に出るんか」

純一は一瞬ためらいながら答えた。

「そのつもりです」

「そうか。ご苦労さんやな」

「よろしくお願いします」

純一は、ちょっと迷いながら、思っていることを口にした。

「なあ、連合の宇田会長は、君が代も日の丸も大好きの人やろ。それでも、日教組は連合へ行く言うてるけど、市教組もやっぱりついて行くんか。解放教育と相いれへんやろ」

とたんに空気が固くなるのを感じた。やはり、この場ではそんな話はしない方がよかったと、純一は後悔した。

「それは小宮さんに心配してもらわんでええわ」

案の定松山は機嫌を悪くした。

「まあ、日教組がどうなろうと、おれらは、解放教育を推進する。連合へ行ったから、つぶされるというようなちゃちなもんやない」

「そうか。まあ、お互いがんばろ」

「そやな」

この会話はこれで終わった。だが、純一は複雑な思いだった。今はこうしていっしょに飲んでいるが、間もなく始まる役選では、お互い立場を異にし、激しくたたかうことになる。どちらが組合員の支持を多く獲得するか、一人ひとりに働きかけて行かなければならない。しかし、それはまだ同じ組合内での争いだ。いつの日か分裂することになれば、多くの民間企業のように、第一組合、第二組合という形で熾烈な争いが起きるのだろうか。いったい職場はどうなるのだろう。これまでのように協力して仕事をやっていけるのだろうか。

帰宅してからも、純一はその思いに取りつかれていた。

2

三月初めに行われた支部役員選挙で、純一は書記次長候補としてたたかったが、結果は例年とほぼ同じで、勝利することはできなかった。本部の結果も同様だった。

役員選挙が終わると、卒業式が目前だった。幸い、校長たちが心配していたような地域からの苦情はなく、無事に式当日を迎えることになった。

会場はフロアー式だ。卒業生と在校生、教職員・来賓が舞台とは垂直に向かい合って座る。保護者席は講堂の後ろ半分になる。卒業証書を授与するのは、舞台上ではなく、フロアーの中央部になる。

舞台の上は、子どもたちが作った「はばたけ未来へ」と書いた大きなパネルを中心に、千羽鶴や花などが飾られている。正面のスクリーンには、在校生と卒業生の「呼びかけ」の時にスライドで映像を映すことになっている。

純一は、視聴覚担当だ。舞台上の放送室で、ＢＧＭや照明を担当する。ペアを組んでいるのは、今年八年目の宮本康江だ。前任校が校長と同じ職場で、校長とはよく思い出話をしている。気さくで明るい人なので、狭い放送室で一緒にいても気づまりにはならない。

式が始まった。卒業生入場が済むと、国歌斉唱が多くの学校で行われているのだが、Ｙ

小では校歌を斉唱する。続いて卒業証書授与だ。校長と補佐する教頭が進み出た。最初の子どもに渡す時だけ、証書が読み上げられる。

「相川大介」

「はい」

六年担任が卒業生の名前を呼び、一番目の子どもが進み出た。校長が軽くうなずいて、証書を読み始めた。力強く読み上げていた西谷校長だったが、突然会場にざわめきが起こった。最後にY小学校長、西谷敏和と言うべきところを、城南小学校、西谷敏和と言ってしまったのだ。それは校長が二年前まで勤務していた前任校の名前だった。まちがいに気づいた校長は、すぐに言い直したが、ざわめきはなお続いていた。

「私のせいやわ」

宮本がそうつぶやいた。

「え、どういうこと」

「私、式が始まる前に、校長先生と、前の学校の思い出話してたんよ。それで、校長先生、前の学校のこと思い出してはったんや」

なるほど、そうかもしれない。だが、いずれにせよ、大したことではない。まして、宮本のせいなどではない。純一はふと、別なことを思った。校長は相当なプレッシャーを抱えて式に臨んでいるのではないだろうか。来賓たちから何か苦情が出るかもしれない。そうなったら、自分たちが校長を守らなくてはならない。純一も少し緊張気味で式場を見下ろしていた。

証書授与が終わると、校長の式辞だ。

校長は、卒業生と保護者へ祝いの言葉を述べ、来賓に感謝を述べた後、先程の失敗を謝罪した。申し訳ありませんと、くり返し述べる校長は、心から悔やんでいるように見えた。やや力なく、用意した原稿を読み上げて式辞を終え、自席に戻る校長が気の毒に見えた。

次はＰＴＡ会長の祝辞だった。会長は、原稿通りのあいさつをした後、少し間をおいてから、こう切り出した。

「卒業生のみなさん。人生には失敗することってあるよね」

会長は、笑顔で会場を見回した。

「誰でも失敗することがあるけど、さっきの校長先生のように、しっかり謝ることが大事ですよね。校長先生は、みんなにそのことを教えてくれたんやね」

保護者席から拍手が起こった。子どもたちもつられたように拍手した。

席に帰る会長に、校長は深々と頭を下げた。それを見て純一は胸が熱くなった。宮本も涙ぐんでいた。

式が終わり、卒業生をみんなで送り出すと、教職員全員が職員室に集まる。ＰＴＡ役員も来て、あいさつを交わす。校長のミスがかえって幸いしたように、雰囲気は一段と和やかだった。ＰＴＡ会長のあいさつには大きな拍手が送られた。六年担任一同のお礼の言葉にも、心のこもった拍手が送られ、卒業式に関する行事はすべて終了した。

純一は、校門で会長や来賓たちを見送っている校長に近づいた。

「校長先生。ありがとうございました」

組合からの提案を受け入れてくれたことへの感謝の気持ちだった。

「こちらこそ、ありがとう」

校長は純一に握手を求めた。握り返した純一の心は晴れやかだった。また一つ、Ｙ小学校での仕事ができたという充実感でいっぱいだった。

教育活動と組合運動、そして文化的な活動。この三つに励んだ純一の一年間は、さまざまな出来事を刻みながら過ぎて行った。

3

年が変わり、一九八八年になると、純一はますます大きな責任を担うことになった。これまで、南支部すすめる会の中心にいた人たちが相次いで他支部に転勤することになり、いやおうなしに中心に押し出されたのである。支部役員選挙では書記長候補としてたたかい、それ以後は、文字通りのリーダーとして運動と論戦の先頭に立つことになったのだ。

校内では三年から持ち上がった学年の主任と、国語主任、児童会担当を務めていた。

日教組も激動が続いていた。

日教組の田中委員長が、落選中だった自民党前議員の西岡武夫を激励する会に出席した問題が、当然ながら反主流派の厳しい批判にさらされ、主流左派からも批判が起こった。

これに対して田中委員長を擁護する右派グループもさまざまな策を弄して対抗し、争いは長期化した。さらに労戦右翼再編問題も絡んで四〇〇日抗争と呼ばれる不正常な状態が生じたが、ようやくそこからから脱して、一九八八年二月に開かれた日教組定期大会は、各県教組のとっている方針からすれば、労戦右翼再編に反対し、田中委員長を批判する勢力が、多数となるはずであった。ところが、主流左派と言われる県から出された修正案は、わずかな字句の違いを理由に、自ら出した修正案以外には、同趣旨のものであっても賛成しないという方針をとったため、各個撃破され、ことごとく否決されていく結果となったのである。つまり形式的には、修正案を出してたたかったというポーズをとるが、実際には、ちゃんと原案が通るように、大会前の社会党党員党友協議会で、左右両派による裏取引がすまされていたのである。全く組合員不在の茶番劇であり、あきれるばかりの醜い姿であった。

「結局、労働戦線の右翼再編は避けられへんな。時間の問題や」

「すすめる会」では、そんな意見が飛び交い、日に日に、組合の分裂は避けられないという思いが、純一たちの中に醸し出されていった。

一学期の中ごろから純一は、大教組が、組合の「単組代表者会議」とは別に、毎週開催している「真の労働戦線統一を考える教職員懇談会」の代表者会議に出席することになった。略称「ありかた懇」と呼ばれている会議である。

この会議には、組合執行部を代表した人たちと、「すすめる会」などの民主的教職員組合をめざす会の代表者とがこぞって出席していた。毎週のように、膨大なビラやニュースを持ち帰らなければならないので、車を運転しない純一は辛かったが、刻々変わる情勢をつかむためには欠かせない会議だった。

南支部すすめる会では、この「ありかた懇」の翌日、幹事会を開き、大教組や、本部すすめる会の運動を具体化することに努めた。職場向けのニュースも発行していった。こうした活動は、すでに組合の執行委員会を開催しているのとほぼ同様であった。

しかし、こうして連日の運動に身を置きながら、純一はまだ、新たな組合が作られ、職場が二つに分かれるということが実感できなかったし、新たな支部を作るという事への決意もできてはいなかった。そんな思いを抱えながら、日は容赦なく過ぎ、例年になく多忙な夏休みを越えて、二学期となると論戦は激しさを増していった。

九月二〇日付で、市教組本部から「今、なぜ労戦統一か——その背景と意義、到達点——

分裂か統一か、英断の時」と題した労戦統一職場討議資料の文書が、全組合員分、各職場に降りてきた。それはまさしく、市教組本部が、いよいよ大教組を割って出ても、日教組と主に労戦右翼再編に突き進むという決意を示した文書だった。

純一は、その晩、自宅の机に向かって、くり返しこの文書を読んだ。いかにも市教組本部らしいネチネチとした感じの論調で、共産党や統一労組懇の攻撃と「連合」へ行くことの自己弁護に終始している。純一は、この種の議論に、自分ならどう反論するかと考えているうちに、むしょうに反論文を書きたくなってきた。

書ける。きっと書ける。ワープロに向かった純一は、「右転落の『弁明』と証明――市教組の『労戦統一職場討議資料』を批判する――」と、タイトルを打ち込んだ。自分でも意外なぐらい一気呵成に書き上げることができた。

純一はまず、市教組本部派が、一年前には役員選挙の政策パンフで、自分たちが、市教組を全民労協（「連合」の前身）に引き込もうとしているというのは、相手側のデマであると主張していたことを指摘し、あの時とは打って変わって、連合への吸収合併を叫び出したのはどういうことだと批判した。

次に、彼らが、「連合」発足が、労働者の「統一」と「団結」に基づくものであり、「強力な労働組合運動」を作り出すことであると主張していることに対して、もし、本当にそうなら、政府や財界は「連合」結成を恐れ、妨害するはずなのに、恐れるどころか経営団体や財界から歓迎されているではないかと指摘した。

そして、春闘の最中に財界とゴルフに興じるなど、連合幹部たちの退廃した実態を、それは一部の幹部の言動であって組織の問題ではないと弁護する討議資料に対し、組織の責任者はその組織の顔であり、体質を反映しているものだと批判した。

これは、今次々と明らかになっている解同幹部による利権あさりの弁護論に対する批判としてもそっくり当てはまるだろう。

さらに、彼らが「共産党や統一労組懇は、労働組合を政党の下請け機関としてみているが、労働組合は「思想信条・政治的立場の違いをのりこえて、経済的利益の追求を目的として結集した組織である」と述べていることに、怒りを込めて反論した。

社会党一党支持の立場に立つ市教組本部が何をしらじらしく言っているのだ。「『連合』の母体である同盟が組合員に民社党一党支持を強要し、組織ぐるみ入党させるなど、組合民主主義のかけらもない組織であることは周知の事実です。総評もまた、社会党一党支持のしめつけを行い、選挙のたびに組合員をかりたて、票集めやカンパを行い、批判されると『社会党と政治路線が一致しているから』『機関で決めたことだ』などと強弁し、組合を政党の下請け機関化してきたことは、あまりにも明白です。」

この辺りはよどみなく文章が浮かんでくる。

純一は、大教組や統一労組懇は、特定政党の支持を決めたことはなく、一致する要求での運動を呼びかけていること、また、市教組本部と同じ立場に立つ南支部ですら、春闘の敗北の原因は、「物わかりのよい組合」「ストなし路線」という「連合」の体質にあると批判していること、組合員の利益を守るどころか、賃金抑制に努めているのが「連合」であると指摘し、どちらが労働組合としてのあるべき姿かと書きこんだ。

いよいよまとめの段落に移る。

純一は、参考資料をひも解きながら、労働組合は、思想信条の違いを越えて、一致する要求で団結する大衆組織だが、同時に、資本に対し要求を勝ち取る階級的組織であり、そのためには、資本から独立していなくてはならない。日教組もこれまで、基本的にはそうした立場に立ってきたこと、それを投げ捨てて右転落の道を突っ走ろうとしているのが市教組本部の立場であることなどを書きつづった。

締めくくりの文章は「教え子を再び戦場に送らない旗を高く掲げ、確信を持ってがんばりましょう」だった。

純一にとっては、初めてと言っていい政治的な論文だった。自分でも驚くようなエネルギーが湧いていることを実感した。

翌日、純一は、南支部すすめる会の幹事会に、反論文を見せた。

「本部でも当然反論するやろけど、ぼくもどうしても反論したかったんや。ぜひ議論して、もっといいものにしてください」

一同は、熱心に読んでくれた。うなずいたり、あいづちを打つ者もいる。純一もくり返し読みながら、みんなの発言を待った。

「こんなんさっと書けるてええな。すごいわ」

「これは力作や。おもしろい」

そんな意見が出る中で、会の会計を担当している安田春樹が、疑問を投げかけた。

「これは、どういう人を対象にした論文や」

「南大阪すすめる会ニュースとして、全組合員に読んでもらおうと思ってるけど」

「それやったら、ちょっと難しい」

安田はいつも辛口の意見を言う。ちょっと斜に構えてものを言うキャラクターだが、極めて有能な男だ。

「活動家向けに、元気をつけるということならわかる。しかし、組合員向きにはならん気がする」

純一は必ずしもそうは思わなかったが、もう少し手を入れてみますと答えた。安田も、ご苦労様でしたと言って議論は終わった。

その日、安田は自分の車で、純一を途中まで送ってくれた。

「小宮さんは、やっぱり理論家や。連中との論争も好きやろ」

「そうでもないんやけどな」

「各支部に、一人ずつくらい、そういう人が必要やな」

純一は、内心満足だった。

4

それから一週間後の朝だった。いつものように起き上がろうとした純一は、天井が激しく回るのを感じて、思わずうつ伏せになった。地震だろうか。違う。これは眩暈だ。もう一度ゆっくり体を起こすと、また激しく周囲が回るのを感じた。

「ああ！」

叫びながら純一は横たわった。いったい何が自分の体に起きたのだ。

先に起きていた久美子が、純一の声に驚いて部屋に入ってきた。

「どうしたん」

「めまいや」

純一は、うつぶせの姿勢をゆっくりと起していった。しばらく正座のままでいると、落ち着きを取り戻すことができた。

「どうしたんやろね。突然」

「うん、わからんけど」

純一はゆっくりと立ち上がり、洗面所に向かった。幸い、動いていても眩暈は来ない。どうやら、寝ている姿勢から起きる時が問題のようだ。

久美子が朝食を用意してくれたが、食欲がなかった。まだ、気持ちが落ち着いていない。いったい何が原因なのか。体に重大な異変が起きているのか。ともかく医者に行きたいが、今日もびっしり予定がある。夜の会議も簡単には抜けられない。ともかく、今日は様子を見ることにしよう。

純一は普段の通り出勤すべく、駅に向かった。

電車で吊り革を持って揺られていると、心なしか、頭が大きく揺れるような気がする。出勤して机に向かっている時も、少し落ち着かない。顔を上げるたびに、フワーッとした感じがする。

その日はともかく無事に過ごし、家に帰ってからは、早めに横になった。仰向けに寝ずに、ゆっくりとうつぶせになる。それからそろそろと横を向く。起きる時も、まずうつ伏せになってゆっくりと起きる。

そんな日がしばらく続いた。思い切って体を起こすと、激しい眩暈が来るのは相変わらずだったし、精神的にも落ち着かない。土曜日に学校近くの校医を訪れた。脳波の検査をしてもらったが、異常はないという。メニエル病という耳の病気らしい。

「あまり心配しなくていいですから」と言われたものの、気持ちはすっきりしなかった。そうしているうちに今度は胃がしくしくと痛くなってきた。空腹になるととくに痛い。新任の頃も胃が痛くなり、一二指腸潰瘍と診断されたことがあったが、それ以来の痛みだった。

結局何もかもストレスのせいなのだろう。だが、今の自分がそれほどのストレスを抱えているのだろうか。教師になってからの日々、楽しいこともちろんあったが、苦しい日々もいっぱいあった。何も今が一番厳しい日々を送っているわけではない。だが、責任の重さという点では、歳と共により重くなっていることも確かだ。

「おれは、思ったより弱い人間なのかな」

純一は苦笑した。


久美子の方でもいろいろ悩みを抱えているようだった。

「支部の執行委員になってて言われてるんよ、私」

「引き受けるつもりなんか」

「断り続けてる。けど、困ってるのもわかるし、しんどい」

久美子の西北支部は、南支部よりも、すすめる会の勢力が強い。立候補するということは、当選の可能性が高いのだ。

これまで久美子は婦人部でかなり重要な役割を果たしてきた。周りからも頼りにされている。執行部に入って、さらにがんばってほしいと期待されているのだろう。

「私、夫が忙しい立場やから無理って言うたんや。けど、夫婦は平等のはずや。あんたの活動かて保障されなあかんはずやと言われて、余計責められたわ」

「理屈はそうやけど」

純一はイラッとした。それは建前論だと思った。

「そういうことは力のある支部やから言えることや。うちはほんまに厳しいんや」

「わかるけど、執行部に入ってる人たちから見たら、自分達の方が責任重いとか、忙しいとか感じてはるんよ」

純一は黙りこんだ。確かに久美子の活動も保障すべきだ。そのためには、自分が早く帰れる日を作ることも必要だし、真紀と過ごす時間も、もっと増やすべきだ。それは親として当然の権利であり、義務だ。

一時不登校の心配があった真紀は、三年生になってクラスが変わってからは元気に登校しているが、いつまた何が起こるかわからないという心配はある。久美子にばかり責任を押し付けるわけにはいかない。おれだって、ちゃんとわかっているんだと叫びたかった。

「今は断るしかないと思っているけど、あなたも責任感じてな。うちの子に責任持つのは、私らだけなんよ。私一人では困るんよ」

何度となく聞かされた言葉だった。

純一は黙ってうなずいた。


結局、久美子の執行部入りは、あきらめられたようだった。そんな悩みを抱えながら、純一たちの二学期は過ぎて行った。今年もまた、教研集会がある。児童文化祭もある。

去年レールを敷いた児童文化祭は、それほど大きな苦労がなかったが、すすめる会が中心となって行われる教研集会では、昨年同様に、全体会で構成劇をやることになり、純一に台本が依頼された。忙しい中で、さらに仕事が増えたわけだが、気分転換のつもりで引き受けることにした。

全体を通しての主人公役を、若い教員と事務職員に設定し、職場で起きている管理強化などの問題を取り上げながら、日教組の動向、労戦問題をコール中心に語る内容だった。ラストで「日教組の綱引きが始まった」と語り、舞台の上で綱引きを演じながら、会場の声援を受けて、労戦右翼再編を食いとめ、大きくうたごえを響かせて終わるということにし、タイトルを、日教組組合歌の冒頭の歌詞から採って、「輝く朝の雲染めて」とした。

教研集会は無事に終了し、打ち上げ会が遅くまで続いた。二次会はカラオケスナックに移り、純一も四人目にマイクを握った。

「少し長いですが」

そう断って歌った曲は、森進一の「うさぎ」だった。故郷を捨てて、船を待つ家族の姿を描いたこの歌は、山田洋次の映画「家族」や「帰郷」を思わせる。主人公の少年が、夏休みにうさぎの飼育当番をしていたことを思い出し、学校へと引き返し、船には乗り遅れたが、母は叱らず微笑んでくれたというストーリー性のある曲だ。セリフ入りの長い楽曲だが、感情をこめた純一の歌をみんなよく聞いてくれた。

「純ちゃん、やっぱり、お前は文化人やなあ」

かなり酩酊しながら、本部役員候補の工藤正典が、握手を求めてきた。純一も握り返しながら、ふと家族のことを思った。

「明日はすべて休んで、真紀とどこかへ行こう」

八八年の二学期は、こうして暮れていった。

5

八九年になり、冬休みが終わり、いよいよ、歴史的な役選を闘う時がやってきた。すでに、大教組・市教組の分裂が避けられない状況に立ち至ったことは、純一にもはっきりと感じられた。とすれば、市教組が大教組に結集するのか、それとも割って出るのか、それを決めるのがこの役員選挙であり、もしかしたら最後の役選となることが予想された。

三学期最初の週末に、純一たちは、役選政策作成のための合宿を行い、深夜まで論議した。

今回の選挙争点は、完全に労戦問題に絞られる。問題は、労戦再編反対を、いかに組合員にわかりやすく訴え、共感してもらうかだった。

本部の基本政策を本部役員候補の工藤が報告した後、純一は、かねがね考えていた構想を提案した。「政策パンフとして、『労戦問題を考える』という一問一答式のパンフレットを作ることにしてはどうかと思います。市教組南支部も、すでにパンフレットを作り、彼らなりの論理を組み立てていますが、それを踏まえて、我々の見解を打ち出したいと思います」

純一は、用意したレジュメを配った。

「五つの設問を考えました。対話の中で、組合員から出される疑問を予想して作りました。読み上げます。

一、「連合」は労働組合と呼べないというのはなぜですか。

二、「連合」の悪い事はよくわかりましたが、中へ入って変えればいいという人たちがいますが。

三、しかし、連合へ行かなかったら、組合や分会が分裂して大変なことになるのではありませんか。
四、連合に反対する勢力は、少数だから何もできないのではありませんか。
五、もう労戦統一の流れは決まっていて、どうしようもないのではありませんか。
以上です。ご意見をよろしく」

パンフを作ることは、すぐに賛同された。問題は中身だ。あまり長すぎてもいけないし、なるほどと思える内容にすることは難しい。

いつもニュースを作ってくれる本村孝が口火を切った。

「一と二は、大教組ニュースでもいつも書かれているし、職場でもさんざん言うてるけど、問題は三や。分裂したら、困るから、連合へ行くしかないというのは、大方の声や。どう説得したらいいですか」

「ほんまほんま。ただ反対と言うだけでは、みんなついてきてくれへんと思う」

婦人部の小西美里も応じた。

「だから、この役選で勝たせてくれと訴えるんや」

工藤が話し出した。

「我々が勝って、市教組を変えれば、労戦問題の流れが変わる。一二〇〇〇組合員を擁する市教組の影響力は、日教組の動向を左右する力があるんや」

確かにそうかもしれない。全国的な波及効果もあるだろう。

「もう、流れは変わらないとあきらめずに、われわれを勝たせてください。そうすれば右傾化の流れを食い止めることは可能です。これが訴えのポイントや」

一同がうなずいた。

役選まで一ヵ月となった日、純一は、同学年で隣の教室の安井徹の教室を訪ねた。安井は同和教育推進校から一昨年転勤してきた、純一より四つ年下の教師だ。他職も経験してきた苦労人で、解放教育推進派だが、純一とは親しく話し合い、時には飲みにもいく間柄だった。

純一は、役選に出るということを話し、何日か年休をとるので、学級の面倒を見てほしいということを頼んだ。

「やることはきちんと準備するので、時どき、見てやってほしいんや」

純一が頭を下げると、安井はあっさりと答えた。

「はい、それは見ますわ」

「ありがとう」

「選挙の応援はできませんけど、がんばってください」

安井はクールな調子で答えた。純一は、もう少し自分たちの主張なども話したかったがやめた。お互い主張の違いは解っている。

純一が教室を出ようとすると、安井がぽつりと言った。

「勝てそうですか」

「勝ちたいけど、厳しい」

「必ず勝てると言わなあきませんやん」

安井の表情は、少し笑いを含んでいたが、案外本音かもしれなかった。解放教育派の教師たちは、かなり連合には反発している。だが、それ以上に反共意識も強い。味方してくれるとは思えないが、彼らも多くのジレンマを抱えているのだろう。

「よろしくお願いします」

純一は頭を下げて教室を出た。

いよいよ役選が公示された。

本部役選の政策パンフと合わせて、支部のパンフレットや一号ビラもでき上がってきた。

純一は支部の候補者押し出しビラを少し面はゆい思いで眺めた。支部長候補の関谷真知子と書記長候補の純一が大きな顔写真と共に押し出されている。長年婦人部長として活動してきた関谷は、「やさしさとねばり強さ、抜群の行動力で要求実現の先頭に立つ」と紹介されている。

純一は「明るくおおらか、冴える論陣、統一と団結の輪を広げる」と書かれていた。

候補者は、本部と支部がワンセットのチームを組んで、各職場を回る。各職場の分会責任者に約束を取り付け、業間に組合員を集めてもらい、ビラを配り、あいさつをする。組合活動に積極的な職場では、放課後、双方の候補者を集めて、立会演説会をすることもある。一日の活動を終えると、夜は電話での支持訴え、連日情勢分析と、政策作成などが待っている。相手の主張に即して反論しなければならないから、政策づくりが必要だ。基本的には本部候補者が政策ビラを作るのだが、支部でも独自に何回かビラは出さなければならない。候補者の押し出しや部分政策も必要になる。できたビラは仕分けて、各職場に届けなければならない。分担して持ち帰り、深夜に各学校のポストへ落としに行くのだ。土、日は、決起集会や活動者会議をおこなう。

連日、帰宅するのが一二時、一時となる日々が二週間続き、開票日は徹夜。結果はビラにして、翌日中に配り切る。この厳しい選挙戦を、二〇年近くたたかってきたのだった。

選挙本番になって三日目。関谷の勤務するY中学で立会演説会が行われることになった。相手側は総大将の市教組現委員長岩田貞彦が乗り込んでくる。ところがこちらは本部候補の都合がつかず、迎え撃つのは支部役員候補の純一のみとなった。

さすがに少し気後れしたが、逃げるわけにはいかない。たとえ賃金や権利問題などの細かい議論では歯が立たなくても、労戦問題一本なら、絶対にひけはとらないはずだと、自らに言いきかせて立ち向かった。

立会演説はそれぞれが一〇分ずつ演説する。純一が先攻となった。

純一はまず、東京都の小学校で行われた社会科の授業をとり上げた。日本海海戦の作戦図をマグネット版で紹介しながら、「拍手ものですね」などと戦争を賛美した授業の実態と、それをもたらした文部省のすすめる臨教審路線について述べた後、実は大阪でも、こんな事が起こっているとして、演説に力を込めた。

「みなさん。すでにご存じと思いますが、解放同盟幹部のYさんが、校長会の研修会で『教職員は、恐怖心を与えて統御せよ』と述べました。東京での授業。大阪での研修会。二つの根っこは同じです。学校と教職員を支配し、戦争への人づくりをすすめようとするものであり、労戦右翼再編ともつながっているのです。市教委、解同、市教組が一体となってそれを推進しているのが今の状況ではないでしょうか」

拍手もヤジも起こらず、参加者は静かに聞いている。純一は、「教え子を再び戦場に送らないという旗をしっかり守ってたたかいましょう。ぜひ私たちをよろしくお願いします」と演説を結んだ。武者震いするような心境であった。

続いて岩田氏が立ったが、淡々とした口調で、何事によらず決めつけはよくないなどと発言したのみで、熱意も説得力も感じられなかった。疲れているのではないかと思うような雰囲気で、今まで大きかった相手が小さく見えた。

こうして純一は、役員選挙をたたかいぬいた。組織としても、個人としても全力を尽くしたたたかいだった。だが結果は、今回もまた勝利することはできなかった。本部も、南支部も敗退した。激しく競り合っていた北大阪支部では、支部長、書記長とも敗れたが、執行委員の多数派を確保したので、かろうじて主導権を握るというぎりぎりの勝利だった。

久しぶりに早く帰った純一は、家族で外食に出かけた。三人で中華料理の円卓を囲み、真紀に学校の様子を聞きながら、心の中では役選の回想が浮かんでは消えた。

思えば、役選に明け暮れた長い長い日々であった。どうすれば役選に勝てるか。仲間たちとともにそれを一年中考え、追い求めた日々であった。そして、可能な限りたたかった。もちろん、役選だけではなく、国や地方の政治を変えるためのたたかいも続けてきた。

残念ながら純一が青年期に思い描いたように、社会変革は進んでいない。組合民主化もまだ実現してはいない。しかし、たたかいつづけた日々に悔いはなかった。人生は、何をなしとげたかよりも、そのためにどう力を尽くして生きたかが大切なのだ。きっとそうだ。

ともあれ、いよいよ、市教組の分裂は必至となり、そのための準備が迫られていた。

6

年度が替わり、市教組、大教組と大会が終わった。否応なしに労戦問題は進行していく。純一たちは、夏休みに入ると早速、一日かけた学習と討論の会議を開いた。

この秋には、大教組は、日教組と決別して、新たなナショナルセンター結成へと突き進むことになるだろう。そうなれば、市教組をはじめ、一五単組と呼ばれる反大教組の単組は、大教組を割って出て、第二大教組を作るだろう。すでにそのための準備も整っていることは確実だ。だから、我々は大教組に結集する新たな市教組を作らなければならない。そのための準備と、組合員多数派を形成するための取り組みをしていかなければならない。本部候補者の工藤がおおよそそう言った話をした後、婦人部役員の岩本明美が発言を求めた。

「すみません。私は、やはり分裂は避けるべきだと思います。職場の人たちも同じ思いです」

岩本はゆっくりと話し続けた。

「もし、市教組が大教組を割って出たとしても、私たちは市教組に残ってたたかうべきだと思います。役員選挙はこれからもあります。選挙で勝てば、大教組へ復帰することもできるはずです」

「それはわかるけど……」

純一が発言しかけたのを、「待ってください」と遮って岩本は発言を続けた。

「路線が正しくても、選挙や大会で正式に成立している組合を割って出たら、私たちが分裂主義者です。日教組も大教組も連合体ですから、それぞれの単組が、どう判断するかの権利がかなり大きいと思います。けど、市教組は単一体です。支部の連合体ではありません。だから割って出たり、支部として独立するとかいうことには大義がないと思います」

こういう考え方はわからなくはない。純一も散々思い悩んだこともあった。新しい組合を立ち上げても、そこにいったい何人が来てくれるのか。役選では支持してくれても、組合を割ってきてくれるかどうかはわからない。これを機会に、組合そのものを辞めてしまう人もいるだろう。岩本の発言は、漠然とみんなが持っている疑問を正面から投げかけるものだった。

大教組の執行委員に出ている井原久が、穏やかな口調で話し始めた。

「岩本さんが、率直に意見を出してくれたことは、大事なことやと思います。今まで、そういう意見に十分答えきれていないことも反省させられました。今日は十分納得の行くまで討論してほしいと思います」

岩本は少し涙ぐんでいた。

「私は職場の人たちを思うと、分裂だけは避けてほしいんです」

司会役の関谷が発言した。

「その組合員を大事に思う気持ちは、とてもよくわかります。ただ、問題は、どうすることが、本当の意味で組合員の利益にかなうかということではないですか。連合に吸収されてしまったら、組合員の権利を守ることもできなくなるんと違いますか」

本村も発言した。

「大教組と第二大教組との勢力がどうなるかということも考えなあかんと思う。もし、大教組が少数派になったら、府労連の交渉も、まともにできなくなると違いますか」

共通した意見が相次いだ。社会党一党支持の押し付けや解放教育の弊害などへの怒りも出された。まともな教職員組合を作って、地域の民主勢力と一緒に教育大運動をやりたいという意見も出た。純一も発言した。

「組合としての路線の正しさは、間違いなく確信が持てます。問題は組織論です。岩本さんは、割って出るのは大義がないといわれるけど、市教組が、大教組を割らなければ、分裂はないわけです。我々は、大教組に結集するという立場を継続するという大義があります」

「それはわかるけど、大教組が日教組を割って出たら同じことを言い返されるんと違うか」

安田の言葉に対して、井原が発言した。

「日教組は、大教組や都教組など、連合不参加を表明している単組を九月の大会で排除するつもりです。連合から、切って来いと言われているからです。割って出なくても、排除されるのです」

一同はうなずいた。岩本もうなずいている。

どうやら、気持ちは一つになったようだった。

夏休みが終わり近くなった頃、純一は九月早々に開く分会会議の議案書作りに苦心していた。

いかにして、みんなが一致できるような議案にするかが知恵の絞りどころだった。

幸いなことに、純一の職場では、ほとんどが連合を嫌っている。反連合を押し出し、職場の団結を強調することによって、みんなの賛同を得たい。純一は、何度も書き直しながら、分会討議資料を作成した。

分会討議資料では、まず、一、「連合」をどう見るか。という項目を立て、方針、組織形態、連合職場の実態などをあげて詳しい批判を行った。そして、二、「連合」批判では日教組も市教組も一致していた。という項目を立て、これまでの日教組や市教組の方針を紹介し、そこからなし崩し的に変わっていったことを明らかにした。結論として『「連合」加盟は、日教組が、これまでの日教組でなくなることです。従って、それを決める大会には反対します』と、打ち出した。

そして、分会委員会の考え方として、五点を方針部分として提案した。

一、大教組は「連合」には入れないし、絶対に行かない。

二、私たちは、市教組が、大教組と別の組織を作らず、これまで通りともに進むことを求めていく。そうすれば職場の分裂は起こらない。
三、市教組は、大教組と意見の違いがあるが、府労連闘争や臨教審反対など大筋では共通した方針を持っており、一致できるはずである。「連合」とはあらゆる点で一致できない。
四、私たちの賃金や労働条件は基本的に府と大教組の間で決められている。大阪の教職員の賃金、権利は全国でも最高水準である。これを支えている団結を守らなくてはならない。
五、しかし、それでも組織問題が起こったなら再度分会会議を開き、真剣に話し合い、職場の団結を守るために方針を作りたい。
全員の一致する内容の職場綱領を作り、将来にわたってこれを守っていく。

この方針は、幸い、現執行部支持の人たちも含めて、反対なく受け入れられた。純一は、一つ肩の荷を下ろした気がした。しかし、実際に分裂に直面したときに、果たして何人が大教組にとどまり、言い換えれば新たな市教組に参加してくれるか、それを思うと、なかなか眠れない夜が続いた。職場を守ること、新たな組合作り、この二つの重荷がひしひしとのしかかる日々であった。胃の痛みもぶり返していた。

7

九月二一日の南支部評議員会で、執行部はこれまでの曖昧な態度を一変させ、「連合」加盟の方針を打ち出した。そこでの純一の討論も、最後通告ともいうべきものとなった。

討論の最後を純一は、次のように締めくくった。

「日教組組合員として誇りをもってたたかってきましたが、日教組が日教組でなくなり「連合日教組」になってしまうことは残念でなりません。しかし、残念がっているだけでは民主教育も諸権利も守れません。多忙化、健康破壊、『君が代・日の丸』の押しつけがすむ職場の実態をふまえ、要求に応える展望ある運動を作っていきたいと思います。それは、連合路線とは正反対の、たたかう労働組合の誇りある道です。この道をともに進もうではありませんか。」

圧倒的多数のヤジの中で発言することに慣れきった純一だったが、この会議では、みんな静かに聞いていた。市教組本部支持の人たちとはいえ、それぞれが矛盾を抱えていることがうかがわれた。「苦悩しながら連合へ行く」と発言した評議員もいた。

その後まもなく、市教組本部は、「大教組臨時大会開催要求署名」なるものを、各分会におろしてきた。しかし、大教組は、すでに、組織選択については大会を開いて決めるということを表明しており、まったく無意味な署名でしかなかった。本当のねらいは、文面に、「日教組大会は歴史的な意義を持った大会」と書かれていることで明らかなように、日教組支持を固め、広げるための署名だった。すすめる会は、もちろんこの署名に反対した。純一は次のような主張を、南支部すすめる会ニュースに掲載した。

「分裂の準備をしながら団結を呼びかける一五単組・南支部執行部の欺瞞を批判する。

南支部ニュースや市教組ニュースがさかんに「分裂回避に努力」「統一と団結を守る道は組織のルールを守ること」などと、じぶんたちが団結を願っているように宣伝していますが、はたしてそうでしょうか。

事実は、全くあべこべです。実は南支部など一五単組こそ、大教組を分裂させる準備を着々と進めているのです。一五単組は、谷町九丁目に「教労センター」なる事務所を設け、「正統」大教組づくりを準備しています。この事務所には市教組谷山書記長らが出入りし、市教組組合費も支出されているのです。いったい、どの機関会議でそんなことが認められたというのでしょうか。

しかも、この動きは、大教組が日教組大会不参加を決めるはるか以前からです。そのことは八月二二日の一五単組合宿のレジュメで明らかになっています。

大教組が何を決めようと全く拘束されないとして、大教組を割ってでも組合員を「連合」に行かせようとする野望は断じて許せません。団結を口にするなら、直ちに第二大教組づくりの活動を停止するよう要求します」

これらの攻防が激しく続く中で、一〇月一八日、大教組大会が、堺市民会館で開かれた。代議員権を持っていない純一たちも、傍聴として参加し、二階の一角に陣取って、大会を見守った。

大会は、新たなナショナルセンターを結成し、それと結びつく教職員の全国組織と大阪ローカルセンター結成に取り組むという方針を打ち出していた。市教組など一五単組は、組織への加入には三分の二の賛成を必要とするとの主張を掲げて反対を表明していたが、大教組執行部は、新たな組織を結成することは、既存の組織への加入とは異なり、三分の二は必要としない、との中央委員会で確認済みの見解で対応する方針だった。数の上では多数派だが、物理的な妨害もあるかもしれない。最後までどうなるかわからなかった。

純一たちは、かたずをのんで大会の進行を見守った。いよいよ一つの歴史が創られるのだ。

大会が始まると同時に、日教組組合歌を歌えという動議が出された。府高教の代議員がすぐさま反対討論に立ち、採決で否決されたが、続いて出てきた女性の代議員は、討論の途中から日教組組合歌を歌いだすなどの抵抗を試みた。

市教組の大会とはまるでメダルの裏表のように、次々と反対派の動議は否決され、最後の討論となった。市教組の岩田委員長は「今日の大会で、われわれが正統で、大教組が異端であることが明らかとなった」と発言し、府高教の佐川委員長が、締めくくりの賛成討論を行って大会は終結した。

純一は傍聴席で立ち上がり、周りにいた南支部の仲間に「団結がんばろうをやりましょう」と呼びかけた、周りにいた二〇人ほどの仲間が一斉に立ち上がってこれに応え、がんばろうを三唱した。

純一はいつの間にか拳を固く握っていた。もはや後戻りのできない、新たな出発の時が来たのだった。

会場を出ると、街はすでにたそがれていた。まとまって出てきた一五単組系の一人が、こちらを見て「さあ、大教組の立て直しや」と叫んだ。純一の隣にいた本村がすかさず、「立ち直ったわい」と大声で言い返した。

「あれが、大教組の民主主義か」

「そうや。お前ら、妨害効かなんだな」

純一はちょっとひやりとしたが、言い合いはそれで終わり、互いにその場を離れた。

この日を契機に、事実上組合は分裂した。後はしのぎを削る組織戦があるばかりであったが、南支部ではもう一度、分裂を確認するための分代が開催された。この会場は、入り口に「日共派へのレクイエムを書いてください」などという紙が置かれており、すすめる会を排除するという前提で開催されていた。純一は黙って中に入り着席した。

あいさつに立った岡森支部長は、「今日は新たな分裂支部の支部長の関谷さんや書記長の小宮さんも来ているが」などと、決まってもいないことを平然と口にし、最後通告をしてきた。純一は、すぐに質問と言って挙手した。

「今日の会議は、大教組を割ることに賛成し、行動を共にするものだけの会議なのですか」

「そうです」

司会者がはっきりと認めた。

「ではこの場にはいられません」

純一が退席しようとした時、斜め後ろにいた、関谷が「最後まで見届けましょう」と声をかけた。純一はうなずいて座りなおした。

会議は意外なほど静かで、みんなはあまり発言もせず、この通過儀式のような会議を消化しようとしているようだった。

8

三日後の朝、出勤してきた純一は松山に呼び止められた。

「小宮さん。分会会議開いてくれと、支部から言われてるんや」

「そうですか。ぼくも岡森さんから、文書もらいましたよ」

文書の意味を松山はわかっている。

「ぼくも、気持ちの上では、あんたに分責続けてほしいと思ってるんやけどな」

松山は、よろしく頼みますと言って、その場を離れて行った。純一はふーっと息を吐きながら、しばらくその場に立っていた。かねてこの日が来るのはわかっていたことだが、やはり気が重かった。

その日の職員朝会で、純一は放課後、臨時の分会会議を開くことを宣言した。いよいよ最後の分会会議だった。純一は、会議を開きますと言ってから、送られてきた文書を読み上げた。

「あなたを今後、大阪市教組の分会長として認めないことを通告します。一九八九年一〇月。岡森修。小宮純一殿」

職員室はしんとしている。純一は少し間をおいてから、できるだけ感情を抑えて発言した。

「残念ながら、今後分責を続けることができなくなりました。私は大教組に結集し、階級的ナショナルセンターをめざしてがんばりたいと思います。今日までご協力いただき、本当にありがとうございました。」

純一の発言が終わると松山が立ち上がった。「今日まで小宮さんたちの努力で職場がよくなってきたことに感謝しています。不本意ですが、立場上やむをえないので、新しい分会を作らざるを得ません。後で、同じ立場の方は図書室に集まってください。」

少し、ざわめきが起きた時、年配の女性組合員、北山信子が立ち上がった。

「こんなに和やかにみんなでやってきたのに、組合が二つに分かれるというのは、耐えられません。もう私は組合を辞めたいです」

悲痛な面持ちで発言した北山。職員室は水を打ったように静まりかえった。

みんながこんなに苦しみ悩んでいる。松山さんも北山さんも誠実な人たちばかりだ。それが、こんなに苦しまなくてはならない。自分たちは、二ヵ月前には、全員一致で、連合加入には反対であるとの分会決議を上げている。連合に吸収されることなどは誰も望んでいないのだ。なぜ分裂しなければならないのだ。誰が大教組を割り、おれたちを排除したのだ。

純一の心に突然、強い強い怒りがこみ上げてきた。良心を投げ捨て日教組・市教組を売り渡した人たちへの怒りであった。

会議が終わると、あらかじめ松山に声をかけられていた人たちが、図書室へと移動して行った。純一が、教室に戻ろうとして職員室を出ると、音楽専科の白石和子が声をかけてきた。

「先生、ごめんな。私も市教組の方に残りますから。ほんまにごめんやで、お疲れ様」

純一は一瞬言葉が出なかった。白石は、ずっと役選で支持していてくれた人だった。当然一緒に来てくれると思い込んでいた。なぜだ。なぜ市教組に残るのか。説得したい。いや、今頃そんなこと言っても無駄だ。もっと一人ひとりの組合員とよく話し合いをしてこなかった自分が悪いのだ。純一は「そうですか」としか言えなかった。

教室に帰ると、どっと疲れが出て、眩暈がまた起きそうだった。教卓に座って、しばらくじっとしていると、安井が入ってきた。

「あれ、図書室行けへんの」

「やめときます」

意外な安井の言葉だった。

「ほな、うちへきてくれるんか」

「それは無理です」

安井は、子どもの机に腰を掛け、しばらく黙っていた。

「ぼくは連合嫌いやから、連合へは行きません。あいつら差別者やから」

「そうなんや」

「誰かが、共産党とは違う組合作ってくれたらそこへ入れてもらいます」

「何か当てがあるの」

「ないです。そやからまあ、当分様子見ますわ」

安井は、お邪魔しましたと言って出て行った。純一は少し気を取り直した。まだまだみんなの気持ちは揺れ動くに違いない。様子を見る人もいるだろう。まだまだこれからだ。

純一は、ノートを取り出し、これから声かけをしなければならない人の名前を考えていた。


その晩、純一は、ビールを飲みながら妻の久美子と遅くまで語り合った。

「ご苦労さんでした。うちも似たようなもんよ」

久美子の話では、職場の半数近くが市教組に残るらしい。イニシアチブをとっている西北支部の職場でも、やはり市教組を出ることは厳しいのだ。まして純一の職場では、二桁の組合員確保は難しいだろう。

「うちも厳しいな。下手したら五人くらいになるかな」

「ええやん。それでも」

「自分たちの組合やからな。できなかったことができるんや」

「地域の共闘やろ。堺みたいに子育て集会やりたい言うてたね」

「そうや。ほかにもいろいろあるし」

純一がビールのお代わりをしようとしたとき、突然強い雨が降り出した。久美子は急いで洗濯物を取り込みに、二階のベランダへ上がった。

純一も手伝い、洗濯物を取り込むと、雨はすぐ止んだ。窓から見える向かいの家には大きな庭があり、いつも花の手入れをしている。

「コスモスがまだがんばって咲いてるね」

久美子がふとそんなことをつぶやいた。純一はじっと風に揺れるコスモスの花を見ていた。

第五章　新組合がんばる

1

部屋がすっかり明るくなっている。もう八時だ。妻と娘はとっくに起きている。純一は急いで起き上がり、布団をたたんだ。

「おはよう。ごはん食べる」

「うん」

今日は二月三日土曜日で学校は休み。そして節分の日だ。三人ともゆっくりしていていい日なのだが、純一にとっては大事な日だった。いよいよ新たな教職員組合支部を立ち上げる日なのだ。

「いよいよやね」

「うん」

純一は、コーヒーを飲みながら、軽く目をつむった。厳しかったこれまでの日々が次々とよみがえってきた。

純一や妻の久美子が所属する大阪市教職員組合が分裂し、新たな組合発足をめざす激動の日々が続いた一九八九年が暮れ、一九九〇年となった。

この時期は、世界的にも激動の時期だった。ソ連が崩壊し、日本の政治状況も大きく変化する中で、かねてから進められていた労働戦線の再編が一気呵成に進められることになったのだ。それは、一言で言って、政府や財界の意向に沿った労働組合を作ろうというものので、労働者の権利を守り、生活を向上させようとするまともな労働運動をつぶそうとするものだった。

一方では、それを許さないための取り組みも進められていた。労働組合のナショナルセンターとして大きな存在だった総評の中では、主として、日教組や国労、自治労など官公労の組合員が、まともな労働組合の火を消すなと頑張っていたが、いよいよ総評が解体され、新たに連合という巨大なナショナルセンターに組み込まれようという時、新たにたたかうナショナルセンター・全労連を作ろうという動きが強められていった。そうした中で、連合の傘下に入った日教組とたもとを分かち、新たに全労連に結集する全日本教職員組合（全教）が結成されたのだ。

純一たちの大阪教職員組合（大教組）も、全教に加わる重要な単組だったが、それに反対し、日教組に残ろうとする大阪市教組が大教組を割って出たため、大教組に結集する新たな組合が結成されることになり、大阪市学校園教職員組合（大阪市教）が発足した。

大阪市教組は、北大阪、西北、東部、南東、中央、西大阪、港、南という八つの支部で成り立っていた。それを継続し、その一つ、南支部でも、新たな市教南支部を立ち上げるべく、準備を重ねてきた純一たちは、ようやく二月三日に、S区のK福祉センターで結成大会を開くことになったのだ。久美子の所属する西北支部は、すでに大阪市教発足とともに、新たな支部に生まれ変わっている。

書記局と呼ばれる組合事務所は、N区のS駅近くに確保し、組合専従のいない支部の職員になってくれる人も決まった。支部役員は、関谷真知子支部長を中心に、純一が書記長となり、一四人の執行部で構成される。

一同は、新たな出発への意欲と希望にあふれていた。これからは執行部と運動路線をめぐって闘い続ける必要はない。自分たちの思う通りの組合活動ができるのだ。地域の労働組合との交流もできるし、父母や市民の中へ飛び込んでの運動も存分にできる。職場の不合理を正し、組合員を守る管理職交渉も大阪市教という組合の名でできる。

新執行部を代表して提案に立った純一の心は弾んでいた。政治情勢や、組合結成に至る経過報告を行い、当面の運動について述べた後、最後にこう結んだ。

「みなさん。今日は節分、明日は立春です。子どもたちやお年寄りを泣かせる、悪い鬼を退治し、南支部に笑顔あふれる春を呼ぶため、執行部一同、心を一つに、全力を尽くしてがんばります」

大会の後はレセプションが行われ、本部役員や地域の労働組合代表とも和やかに懇談した。

いよいよ明日から、正式に支部がスタートするのだ。純一は翌日から、毎日、職場が終わると書記局に詰めて、さまざまな仕事に励んだ。家に帰るのは、一〇時ごろだった。

その年度末、純一は一四年間勤めたY小学校を去ることにした。組合を立ち上げ、支部役員となったからには、もはや他支部に転勤させられることはない。長すぎるぐらい勤めた職場を去るべき時だった。

転勤の意思を校長に告げると、驚きながら喜んでくれた。やはり純一が居続けるのは、管理職としても重荷だったらしい。

「長い間お世話になりました」

純一は深々と頭を下げて校長室を出た。いよいよ新しい職場へ行くことをになる。それがどんな所であれ、今の自分は組合役員としての看板を背負っている。教育実践でも、組合活動でも、職場の人に信頼されるようがんばりぬかなければならない。重荷だが、気負いに似たものを感じる日々だった。

三月末、修了式を前にして転勤の内示が出た日、純一は、赴任先のN区M小学校を訪れた。M小は、組合書記局からも近い。毎朝書記局に立ち寄ってから自転車で出勤できる。組合員も数人いる。まずまず恵まれた条件の職場だった。校長は山際敏夫という人だが、これと言ったうわさは聞いていない。穏やかな人らしい。

校長室を訪れると、湯川教頭が迎えてくれた。

「先生。お久しぶりです」

「ようこそ、小宮君」

教頭は、純一が若いころの同僚だった。生真面目で、口数の少ない人だった。

まもなく、山際校長も加わり、一通りのあいさつが済んだところで、校長が意外なことを言い出した。

「小宮先生。六年の音楽専科をお願いしたいのですが」

「ええ、ぼくがですか」

純一は驚いた。たった今、前任校での仕事を聞かれて、四、五、六年の担任が多かったことや、児童会活動などに取り組んできたこと、クラブ活動で演劇部を担当してきたことなどを話したばかりだった。なぜ、音楽専科などという話になるのか。

「これまで音楽専科やってくれてた人が、もうどうしても担任に戻りたいといわれるんでね。受け手がいないんですわ」

「はあ、しかし、ぼくはとても」

「教頭先生が言うには、小宮先生は音楽できる人や。頼んだらいいといいことでしてね」

教頭も笑顔でうなずいている。

純一は、音楽が嫌いではない。担任としてなら指導もしてきた。しかし、ちゃんとピアノが弾けるわけでもないし、専科など及びもつかないことだった。

もしかしてこれは、自分に対する嫌がらせではないのかとすら思えた。

「小宮先生。これから組合で忙しいんやろ」

教頭が軽い口調で話しかけてきた。

「担任に比べて、学校も出やすいと思うよ。用事のある時は」

校長も続けた。

「私は、一年間、レコード鑑賞ばかりやる音楽の授業もあっていいと思うんでね。まあ、考えて見てください。返事は四月一日に聞かせてもらいます」

見え透いたことを言うと思ったが、嫌がらせではなく、どうでも自分に引き受けてほしいという気持ちは伝わってきた。

（引き受けてもいいかな）と思いながら、校長室を辞して、一階に降りると、女性部役員として顔なじみの奥村恵子が駆け寄ってきた。

「小宮先生。うちへ来てくれるんやね。よかった。頼りにしてます」

奥村は、心から嬉しそうだった。

「いや、こちらこそ。おせわになります」

純一は、早速、校長室でのやり取りを話した。

「先生、それは嫌がらせと違うわ。ほんとに困ってるから、引き受けてくれたらみんな喜ぶと思うわ」

「そうなんか」

「五年生は家庭科が専科でつくと思うけど、六年生は、音楽の人必要やから」

「しかしなあ。卒業式や入学式で、伴奏する力はないしなあ。君が代なんか絶対弾かれへんし」

「それは、音楽専科やめる岡田さんがやると思うわ。担任さえできたら文句ないいんやから」

「そうか」

純一は、引き受けることに心が傾いていた。思いがけない再出発になりそうだった。

2

年度末人事での、組合員の苦情処理などで、多忙を極めた後、ようやく春休みとなったが、純一たち組合執行部は、大教組や市教本部の会議、さらに支部執行委員会に忙殺された。

さしあたっての執行委員会では、転勤した教職員や新採用者をどう組合に迎え入れるかが重要な課題だったが、それと合わせて、目の前に控えた九〇春闘の取り組みが、立ち上げたばかりの組合としては重要な仕事であった。全教・公務共闘の全国統一行動は新学期早々の四月一二日に行われる。

大教組の方針は、二九分の職場集会を行い、決議を挙げ、放課後は屋外で集会もするというものだが、果たしてうまくいくかどうかが問題だった。今までのように、ほとんどの教職員が組合員という状況とは違う。日教組は一三日に二九分ストをやるということのようだが、少数の、あるいは一人しかいない職場で、いったい何ができるのか、心もとなかった。

執行委員会でも、当然のように不安が出された。

「職場集会言うたかて、うちの組合員が惨めな思いするだけと違うか」

「外である程度まとまって行動するんなら元気も出るやろけどな」

確かにそうだ。人が集まるところに行けば元気も出る。しかし、二、三人で集まっていたのでは、孤立感を深めることになりかねない。

議論は進まず、次第に重苦しい雰囲気が流れた。

「誰もが三〇〇〇〇円以上の賃上げをというスローガンは当然の要求なんやから、まあがんばってやりましょう」

関谷支部長が、そう言ってまとめかけた時、執行委員の岩上美知子が発言した。

「なあ、電話かけあう言うんはどう」

「どういうことや」

「職場から職場へ順番に電話するんよ。がんばりましょう言うて」

みんなは驚いたように顔を見合わせた。そんなことは誰も考えつかなかったのだ。

岩上の提案は、一口に言って、電話リレーをするということだった。もちろん、全職場で一気にそんなことはできない。手ごろな数になるように、いくつかのブロックを決めて、電話するということだった。たとえ一人しかいない分会でも、電話がかかってくれば少しは元気が出る。そして、みんなが一つの輪でつながっているという気持ちになれる。

「今、私たちは職場決議を採択しました。そちらもがんばってください」

こういう電話を業間に行い、励ましあおうという計画ができ上がった。

純一たちは、四月七日に分会代表者会議を開き、この方針を提案した。

分会代表からは、面白い、元気が出るという声が上がり、執行部を信頼するから、うまくリードしてほしいという意見でまとまった。賃金問題以外にも、新学習指導要領撤回署名を独自に作り、職場や地域に広めようという方針も決まった。

新学期が始まり、四月一二日がやってきたが、純一は不安をぬぐい切れなかった。どこかで手違いが起これば、たちまち電話リレーがぷっつりと切れてしまう。

執行部のメンバーは、それぞれ担当分会のようすに気を配り、電話リレーの成功を目指した。純一は、後半休を取り、前任校のY小学校をはじめとする、いくつかの職場をめぐることにしていた。

昼休みになると、いくつかの分会では、それぞれ職場集会を行い、決議を挙げ、電話をかけあった。

純一が最初に訪ねたS幼稚園には、組合員が一人しかいない。昼休みになると同時に、早速職員室に電話がかかり、電話に出て話している組合員の山下に注目が集まった。

「電話ありがとう。私も今から、職場決議に署名します」

一人組合員としてがんばっている山下由紀子は、元気よく答え、近くの小学校へ電話を入れた。

「もしもし、幼稚園の山下です。先ほど、S中分会から電話をいただきました。すごく励まされました」

職員室の入り口で様子を見ていた。純一は、胸が熱くなった。今、まさに、電話リレーが、職場を駆け巡っている。

それから、三つの職場を訪れた純一は、前任校のY小の門をくぐった。

職員室であいさつし、会議室を訪ねると、市教のメンバーが、拍手で迎えてくれた。純一が転出した後は、分会長の奥西頼子を中心に七人の組合員ががんばっている。

「ご苦労さん。どうですか。音楽専科は」

奥西の第一声がそれだった。

「まだ、これからやけど、毎日ピアノの練習に励んでまーす」

みんなは笑いながら、純一を冷やかした。久しぶりにほっとする雰囲気の中に身を置いた思いだった。

五時半からは、南支部では、五つのターミナルに分かれて、駅頭宣伝行動を行い、少し小雨の降る中、用意した五〇〇〇枚のビラを配布した。

終了後、書記局に引き上げた執行部は、その日の成功を祝って乾杯し、しばし談笑した。情宣担当の本村は、ビールを一杯ぐっと飲み干すと、いち早くニュース作成に取り組み始めた。

「どうですか、この見出し」

本村が示したのは「4・12全国統一行動に総決起—がんばろうの声全分会を走る」だった。みんなはいっせいに拍手を送った。

南支部の取り組みは、大教組全体でも大きな反響を呼んだ。少数分会を励ました創意あふれる取り組みとして大きく評価されたのだ。

他方、予定されていた日教組のストは、これといった成果もないまま中止された。対照的な結果に終わった春闘は、純一たちに大きな励みとなった。

純一は市教の大会で討論に立ち、新たに出発した支部の活動を、組合員が一つ一つ新鮮に受け止めてくれていること、組合員が着実に増えていることなどを報告し、電話リレーの取り組みを語った。

「取り組みにあたって私たちが最も考えたことは、少数分会、とりわけ、たった一人で頑張っている分会の仲間とどう連帯するかということでした。連合市教組が集会を開いた時、私たちの仲間が、たった一人で寂しい思いをするようなことがあってはならない。みんなの闘いがつながる方法を考え出そう。これがブロックごとの電話リレーという方法を生み出しました」

会場は、純一の言葉に集中している。

「電話でつながる春闘の輪を合言葉に、各分会は次々と創意ある職場集会を成功させ、支部で作った新学習指導要領撤回署名は、組合所属の違いを超えて大きく広がりました」

拍手が起こった。

「電話を受けた相手から、がんばってくださいと逆に励まされ、とてもさわやかだったと語る組合員の声をはじめ、闘いの姿を伝えた支部ニュースは、職場に話題と共感を呼びました」

純一は、成功の喜びをかみしめながら、発言を続けていった。

3

新たな組合活動とともに、新たな職場での日々が始まった。M小では純一以外に、六人の市教組合員がいて、ベテラン教員の田村信夫を中心に分会としてもしっかり活動していたが、市教組組合員との溝はかなり深いようで、職場の空気は、必ずしも平穏ではなかった。

純一はできるだけみんなと親しくなろうと努めたが、一朝一夕にはいかないようだった。

音楽の授業は、まずまずの滑り出しだった。純一は、自分は決して音楽が得意ではないが、一生懸命努力するので、よろしくお願いします。とあいさつし、「音楽のひろば」とタイトルをつけた通信を配った。自己紹介と、教材の解説を載せたもので、毎月発行する予定だった。

六年生の子どもたちは、素直で、純一の言葉をよく聞いてくれた。空き時間には、準備室で教材の伴奏を練習し、簡単な伴奏なら弾けるように努力していった。あわせて技術不足をカバーするために、歌詞を味わい、その背景を解説するなど、国語の授業のようなことを取り入れた。

「勇気一つを友にして」というギリシア神話のイカロスの物語の歌が出てきたときは、物語を書き、みんなで朗読して歌ったりした。「エーデルワイズ」が出たときは、ミュージカルの「サウンドオブミュージック」をビデオで見たりした。

もちろんそんなことばかりをやってはいられない。歌うだけでなく、リコーダーの練習や、合奏などにも取り組まなくてはならない。

純一は、合奏を取り組むにあたっては、希望する楽器でグループを組み、上手な子をリーダーにして、互いに教えあうようにした。あまり技術のない純一だが、子どもどうしがけっこう教えあうようになり、純一は、それを見守るだけでよかった。

こうして、新たな職場での日々はまずまず平穏に過ぎていったのだが、その頃から、純一には新たな悩みが生じていた。

それは喘息だった。最初は、咳が続き、電話などで話していると咳き込んだりすることがしばしばあったのだが、次第に、夜中に息苦しくなり、午前三時ごろに起き上がらなければならなくなった。体を起こしていないと耐えられなくなるのだ。ヒューヒューゼイゼイと懸命に呼吸をしなければならなくなってきた。校医のところへ行き、呼吸スプレーを購入して何とか日々をしのいだが、病状はいっこうに改善されなかった。ひどい時になると、朝、駅まで歩いていく途中に苦しくなって、引き返すようなことまであった。

純一は、喘息の原因を、職場環境のせいだと考えていた。かつての西淀川のように、大気汚染がひどく、朝、屋上へ上がると、プールに黒ずんだ煤煙が浮かんでいて、それを取り除くのがその日のプールを使用する学級担任の仕事だったのだ。

ついに、夜中に苦しむ純一を見かねて、妻の久美子が救急車を呼び、近くのT病院へ行った。救急診療として、すぐに対応してくれ、伸び縮みする袋を取り付けた大きなスプレーを渡された。

スプレーをプッシュすると、薬の粉末が袋の中の空気に分散し、その空気を二、三回呼吸すると、症状がうそのように治まった。今まで使っていたものとは効き目がまるで違う。このスプレーさえあれば、もう大丈夫だと思えた。

翌日から、症状が出た時はすぐにスプレーを使うことにして、出勤の時はもちろん、どこへ行く時にも必ず持ち歩いた。それからは月に一回ほど、スプレーを交換に行き、診察を受ける。病状は大きく変化しなかったが、苦痛はほとんどなくなったので、日々の生活は全く正常に戻った。

純一は、この間タバコをやめることにしたので、健康にはよかったと思うが、甘いものに手を出すことが多くなり、体重が増えることになった。

さらに、書記局で、カップラーメンを食べたり、近くの喫茶店やうどん屋で軽食を摂ったりして、一〇時過ぎに家に帰ると、また夕食を摂る日々が多くなり、当然のごとく体重は増える一方だった。妻の久美子はそんな純一を気遣い、忠告してくれたが、なかなか改善はできなかった。

そんな日々を過ごしながら、組合活動は、着実に進んでいった。

夏休みには、宿泊の教研集会を行い、夜の更けるまで語り合った。連続教育講座も行い、各校区での教育懇談会も複数ヵ所で行われた。これらの取り組みは、これまでも自主的に行われてきたことだが、今は、組合として実行できるようになったのだ。

新学習指導要領に反対する、街頭署名や、イラク戦争への自衛隊海外派兵に反対する行動にも参加した。

そうした活動を元気に積み重ねてきた純一たちに、一つの試練と言ってもいい取り組みが待っていた。それは、新天皇の即位の礼に反対する集会だった。

昨年一月に、昭和天皇が亡くなり、皇太子が即位して、年号が平成となった。喪中気分が国民生活を覆った一年間が過ぎた今、政府は、一一月一二日に新天皇の代替わりの儀式として、即位の礼を国事行為としておこなうことを決めていた。さらに、二二日、二三日には宗教的行事の大嘗祭も執り行われる。全教・大教組は、国民主権に反し、政教分離の原則にも反するこれらの行事に反対を表明していた。

一一月一二日は学校が休校となる。

これに抗議する大教組の取り組みに合わせて、純一たち南支部でも、反対の集会を持つことが求められていた。

執行委員会では、取り組み方について議論になった。

「支部だけで、ほんまにそんな集会できるんですか」

口火を切ったのは、青年部の平田だった。

「やらなあかんのと違いますか」

関谷支部長が、穏やかに答えると、平田はうなずきながら続けた。

「やらなあかんのはわかってます。それやったら、大教組全体でやるか、市教として集会を持ったらええと思います」

女性部の田村が発言した。

「私は、一か所に集められるより、支部ごとに工夫してやる方がええと思うけど。今は、私らの支部があるんやから」

「何人来てくれると思います」

「それはやって見なわからんけど、目標決めて、分会に呼びかけたらええんと違う」

田村の言葉に、平田は首を振った。

「学校休みになるんですよ。こんな時くらいゆっくりしたいとか、子どもとどこかへ行くとか、いろいろ都合があるでしょ。そう簡単に来てくれませんよ」

「そんなこと、決めてかかったらあかんのと違う」

「しょぼしょぼした集会やったら、逆効果ですよ。扇町とかに集まった方がええんと違いますか」

確かに、平田の言うこともわかる。大きな集会を開けば、参加者の元気も出る。

「地域労連や、新婦人とかの他団体と一緒にやるいうのはどうですか」

それも一理ある。いろんな民主的団体が抗議行動に取り組むことは間違いない。だが、この取り組みは、大教組としての行動だ。教職員組合独自の思いを込めた取り組みなのだ。他団体も当然、さまざまな形でたたかうだろう。

「この取り組みは、学校を休校にしたり、日の丸掲揚を押し付けたりする、憲法と教育基本法に違反する政府・教育委員会に抗議するという意義が重要だと思います。しんどくても、我々の決意を示すことが必要な取り組みだと思います」

純一がそう述べた後、関谷が付け加えた。

「集会と同時に、地域の市民にアピールする宣伝行動が大切です。それを忘れずに取り組みましょう」

一応執行委員会はまとまった。だが、正直のところ純一は不安だった。結成大会と同じK福祉センターを借りることにしたが、果たして何人が集まるか読み切れなかった。教育研究集会などと違って、集まりは厳しいのではないだろうか。そんな思いがぬぐい切れなかった。

4

その夜、純一は久美子に、集会の話をした。

「実のところ不安なんやけどな。そっちはどうや」

「詳しいことはわからんけど、七、八〇人くらいは集めたいというてる」

「そうか。さすがやなあ」

久美子の所属する西北支部は、活動家の数も多い。

「私、その日は真紀に付き合ったろ思ってたんやけど。やっぱし集会行かなあかんやろな」

「昼からやろ。午前中は一緒に過ごせるやんか」

四年生になった真紀は、新しい担任の下で、まずまず元気に過ごしている。

読書好きで、かなり本も読んでいるし、自分でも、物語を作ったりする。それはいいのだが、時どき自分の世界に引きこもり、周りとあまり話をしなくなったりするのが心配の種だ。あまり友達付き合いの上手な子ではない。純一は、「もっと、真紀に目を向けてよ」とよく久美子から苦情を言われる。それはわかっているのだが、あまりにも忙しすぎるのだ。

一二日は無理でも、日曜日には、真紀と過ごそう。必ずそうしよう。

純一は、久美子にそう話しかけた。


いよいよ、即位の礼の日が来た。前日夜、集会の基調報告を準備し、一二時ごろに床に就いたのだが、眠りが浅く、明け方には目が覚めた。少し喘息も出ている。あまり調子がよくない。緊張のせいかもしれない。

参加状況は、約束で四〇人ほどだ。四〇人来れば、失敗ということにはならないと思うが、ちょっと寂しい。終了後は、二か所に分かれて宣伝行動に取り組むが、その人数も、やや心もとない。右翼から、攻撃があるかもしれないし、一定の人数は確保しておきたい。そんなことをあれこれ考えながら、一二時過ぎに家を出た。駅まで歩きながら、かなり胸苦しさを覚えた。いつものスプレーはかばんに入っている。ともかく頑張るしかない。

会場のK福祉センターに着くと、すでに、本村がパネルを用意してくれていた。「『即位の礼』『大嘗祭』に反対し、平和と国民主権を守る南教職員のつどい」と毛筆で力強く書かれている。字が上手で、情宣を担当している本村ならではの仕事だ。開会が近づく中で、次第に組合員が集まってきた。純一のいたY小からは奥西始め六人が来てくれた。M小からも四人が来てくれている。よかった。よくぞ来てくれた。

用意した椅子はすでに埋まっている。五〇人を超える参加だ。

関谷支部長が開会あいさつに立った。

「安保条約によって首根っこを押さえられている政府自民党は、イラク問題を利用し、軍事大国への道を歩んでいます」

関谷は、今の政治情勢、大嘗祭の狙いなどを鋭く批判し、こう結んだ。

「今こそ、地域、親と手を取り合って、教え子を再び戦場に送らない声を広めていきましょう」

純一の基調報告、各分会の祝意押し付け反対の闘い報告が続き、会場は大きく盛り上がった。思った以上の分会で、日の丸掲揚をやめさせることに成功している。この問題では、連合市教組ともまったく一致するので、共同の取り組みをした職場もある。

集会後はいよいよ地域に打って出る宣伝行動だ。K商店街と、S商店街に分かれ、ハンドマイクで訴えながら、通行人や商店人ビラを配って歩く取り組みになる。加賀屋は関谷、粉浜は純一がリーダーとなって、二〇人強のチームに分かれて出発だ。

一五分ほど歩いて、粉浜商店街の入り口に着いた純一たちは、早速宣伝を始めた。

「ご町内のみなさん。ご通行中のみなさん。私たちは教職員組合です。今日は即位の礼ということで、学校が休みになりました。憲法、教育基本法を大切に守る教職員として、私たちは祝意の押しつけや学校を休みにすることに反対です。今日は、私たちの思いをビラにしましたので、ぜひごらんになってください」

純一は、ハンドマイクを担ぎ、短いフレーズで訴えながら、ゆっくりと商店街を歩いた。組合員たちが、商店に声をかけ、ビラを差し出すと、意外なぐらいあっさりと受け取ってくれる。通行人や買い物客の受け取りもいい。もっと拒否されるかと思っていた純一は、次第に緊張感がほぐれていった。

それから二週間後、純一たちは、今度は、地域の各団体と協力して、「子育てのつどい」を開いた。これは、純一が最も願っていた取り組みだった。

南支部のエリア内の、府立高校や府立盲学校、私学、学童保育、新婦人などに呼びかけ、開催実行委員会を作り、教育問題を一緒に考えるつどいを開いたのだ。

中身をいろいろ議論した結果、記念講演とパネルディスカッションを中心にした集会を持つことになった。さらに、オープニング行事として、構成詩風の呼びかけと、太鼓の演奏を組み合わせておこなうことも決まった。

純一は、構成詩の台本を作り、朗読と太鼓を、地元の劇団「潮流」に依頼した.

記念講演は、作文教育その他の実践家として知られ、南支部教文部長でもある戸田裕子に決まり、パネラーには、中学、高校、私学から代表者に出てもらうことになった。

一一月末の土曜日、N区民センターで開いた集会には二五〇名が参加し、この集会も成功裏に終わった。

純一は、実行委員会の打ち上げ会で、私学や高校の教員たちと談笑しながら、今や組合役員として、彼らと一緒に、組織的に行動できることに誇りと喜びを感じていた。

こうして、緊張の連続だった大阪市教の一年間がほぼ過ぎようとしていた。

三学期を迎えても、あれほど厳しかった役員選挙はもうない。安心して教育にも打ち込める。

だが、純一が思った以上に、厳しい試練が訪れようとしていた。

5

三学期が始まった。卒業式を前にして、純一たちは分会会議を開き、君が代・日の丸問題を抱えた卒業式にどう臨むかを討議した。かねてからの、「子どもたちが主人公となる卒業式を・君が代・日の丸の押しつけに反対します」という市教分会の申し入れに対し、校長は、君が代の伴奏、歌唱までは求めていないが、テープで流すことは譲らなかった。

純一が昨年まで勤務していたY小では、君が代も日の丸もない卒業式を実現させてきた。しかし、職場や地域の力関係もあり、M小ではそう簡単にはいかない。

新学習指導要領では、卒業式などで「国旗を掲揚するとともに、国歌を斉唱するよう指導するものとする」となったこともあり、校長としても、簡単には譲れないのだ。地域の保守層の意向も当然働いている。

分会会議での議論は、校長に譲歩させるのは困難とみて、当日どう対応するかに絞られていった。

純一は、音楽専科だが、卒業式で歌う歌の伴奏は、当初からの約束で、他の教員がすることになっている。おそらく、視聴覚担当ということで、放送室に回されることになるだろう。そうすれば君が代のテープを流す役割も回ってくる。そんな仕事は、引き受けるわけにはいかない。だが、複数配置されるだろうから、相方に頼むことになるだろう。

そんなことを考えていると、元組合役員でもあった浅田が発言した。

「君が代が流されたら、着席しよう。ぼくは起立はしない」

「そういう人は、受付かビデオ係に回されるんと違うか」

分会長の田村がそう言うと、浅田は首を振った。

「断る。ぼくは、会場で反対の意志を示す」

浅田はますます強い口調で言った。

六年担任の小西が発言した。

「ぼくは、六年担任として、着席はちょっと。他の人には悪いけど、できる自信がありません。子どもらも起立してるやろし」

純一にはその気持ちもよくわかった。

田村が発言した。

「これは一人ひとりの判断で決めることやろ。分会としてどうしろということを決めるもんやないと思うで」

みんなもうなずいた。

「大教組の方針もそうです」

純一は、ゆっくりと話した。

「卒業式の問題は、君が代を物理的に拒否するとか、起立する、しないとかでたたかいを判断するんやのうて、どれだけ、父母や地域との共同や理解が広がったかが大事だということです」

「わかるけど、具体的にどうする言うこと」

浅田は続けた。

「地域との共同をどうやって進めるんや。君が代押しつけ反対のビラを配るとか、署名を集めるとかやっていく言うことか」

「市教や支部としては、地域での宣伝や、新学習指導要領撤回署名の運動を進めてきましたが、今のところ、各分会に対して、具体的に踏み込んだ方針は出ていません。やはり、それぞれの地域の特徴があり、分会の力もありますから」

浅田は不満そうだったが、ともかく、その日の会議は終わった。

卒業式では、君が代が流された時、小西以外の市教組合員は着席し、連合市教組の組合員からも、三人が着席した。保護者の中にも、数人、着席する人が見られた。純一は放送室で、二階からその様子を見ていた。君が代のテープは、相方に頼み、式は淡々と行われ、終了後も、特に来賓や保護者からのクレームはなかったようだった。

そんなわけで、卒業式は終わり、年度末を迎えようとしていた。純一は、校長から、次年度からは学級担任になってもらうとの内示を受け、気持ちを新たにしていた。組合員も特に異動の予定はなかった。

ところが、予想していなかったことが起きた。校長が異動し、新校長が来ることになったのだ。四月一日、純一たちの前にやってきたのは、竹中惇子という女性校長だった。前任校では教頭として辣腕を振るい、校長になったとの話が流れてきた。

純一と田村は、早速、入学式についての分会からの申し入れを行った。卒業式と同じ内容の申し入れだった。校長は申し入れ書を黙って読み、こう言った。

「入学式については、前校長の方針をそのまま尊重します。今年度は変更しません」

つまり、卒業式と同じく、テープを流すということだ。校長はさらに続けた。

「あなた方は、卒業式で大変なことをされたようですね」

「どういうことですか」

田村の問いに、校長はかすかに笑いを浮かべた。

「あなた方がよくお判りでしょう。入学式では、絶対そんなことのないようにしてくださいよ」

田村は黙って立ち上がった。

「失礼します。職員会議で、私たちの考えは言わせてもらいます」

田村に続いて純一も校長室を出た。


二日後に職員会議が招集された。担任、公務分掌が発表され、純一は四年生の担任となった。続いて入学式の式次第が確認され、役割分担が発表される。

提案は、昨年度六年の主任で、今年から教務主任となった岸田武彦が行った。

一通り提案が終わった後で、浅田が発言した。

「入学式に君が代を流すことに反対します。一年生をみんなで温かく迎える入学式に、君が代なんかいりません」

市教組組合員の大村隆も発言した。大村は、今年転勤してきて、純一と同じ四年生の担任になっている。まだゆっくり話すには至っていないが、気さくな人のようだ。

「ぼくも賛成です。折角、二年生がお迎えの出し物練習してるんと違いますの。君が代なんかやめて、一緒に盛り上げたらよろしいやん」

岸田が答えた。

「学習指導要領で、国歌斉唱を指導することが求められています。教職員としては、自分の考えがどうこう言うんやのうて指導要領を順守する義務があります」

昨年までとは打って変わった岸田の物言いだった。

純一は手を挙げた。

「学習指導要領のお話がされましたが、日本国憲法は、内心の自由を認めています。自らの意思に反して、君が代を歌うことや起立することを強制されることは、憲法違反です。押しつけは民主主義に反しています」

校長が立ち上がった。

「民主主義と言いますが、国民は民主主義の選挙で今の自民党政府を選んでいます。その政府の方針を支持しているのが国民多数の考えです。それが。民主主義ではありませんか」

純一が手を挙げた時、校長はさらに続けた。

「ソ連が崩壊し、社会主義の時代は終わりました。いつまで国旗国歌に反対しているんですか」

驚くべき発言だった。純一が反論しようとしたとき、岸田が議論を打ち切った。

「意見は平行線ですから、この話はこれで終わります。当日の分担については何かありませんか。なければこれで職員会議を終わります」

急速に職場の空気が変わっていることを実感した会議だった。

6

その翌日、市教組の分会会議が開かれて、入学式に向けての意志統一が行われた模様だった。田村と同学年の今中佐代子が教えてくれたのだ。今中は、市教組に所属しているが、日頃から田村の学級指導に共感し、よく話し込んでいる。

市教組も、君が代の押し付けには反対しているが、そのためにどうたたかうかを協議するのではなく、いかに整然とした入学式をおこなうかという内容の会議だったとのことだ。転任してきた大村のように、反対の立場が鮮明なものには、着席したりしないようにという釘を刺すつもりなのだろう。背景には、まだ市教組組合員でもある岸田の指示が働いているのかもしれなかった。

さらに、市教組の分会長の山下からは、田村に申し入れがあった。これまで、全員に配布していた大教組や市教のニュースを、市教組組合員の机に配布することを、拒否するというものだった。

これまでも、対立的なことの多い両分会だったが、大きく踏み込んだこの方針には驚かされた。どちらかというと穏やかな教頭に比べて攻撃的な岸田の態度も、校長の示唆があってのことなのだろう。市教分会を敵視する動きも一連のものに違いない。市教組の分会もその方向で動いているのだ。

純一たちも分会会議を開き、入学式では、それぞれの信念に基づいて行動し、不当な攻撃には毅然としてたたかうこと。ニュースは、相手の意思を聞いて、手渡しにすることなどを決めた。

かつてなくピリピリした雰囲気の中で、入学式がやってきた。純一も今度は放送担当ではなくなり、式場に入る。

司会の岸田が、「一同ご起立ください」と言い、ピアノ伴奏で、礼を交わした後、「国歌斉唱」の言葉で、メロディが流れてきた。純一は、静かに着席した。田村たち市教の組合員も一斉に着席した。

その時、純一は、職員席の向かい側から、自分たちにカメラを向けている人に気づいた。教員の一人、大城だ。大城は何枚かの写真を撮ると、さりげなく講堂の後ろへ歩いて行った。明らかに、だれが着席したかを確認するための撮影だった。

入学式が終わり、保護者説明会その他が終わった後、職員一同は職員室に集合した。校長、教頭、岸田が校長室から出て来て前に座った。

「皆さん。お疲れさまでした。一年主任の森本先生から、ご挨拶があります」

岸田の言葉で、森本のあいさつがあった後、岸田は、口調をがらりと変えて、「校長先生からお話があります」と校長を促した。校長は、一通りのあいさつをした後、しばらく沈黙していた。

「皆さん。みんなで一生懸命、入学式を盛り上げようと頑張っていただいたのに、それに泥を塗るような行為があったことを、私は大変残念に思います。ＰＴＡ役員の方々や、来賓の方々からも、お叱りを受けました」

ざわめきが起こった。それを消すように、校長は一段と声を大きくした。

「全員起立して国歌を斉唱している時、着席していた職員がいたことは、本当に残念ですし、校長として恥ずかしく思います。一部の組合の指示かもしれませんが、みなさんは、大阪市の教員であり、公務員としての自覚を持っていただかなければなりません。厳しく反省し、保護者の皆さんに謝罪していただかなくてはなりません」

純一は、ここまで言うかと驚いたが、さらに校長は続けた。

「着席した職員の皆さんは、記録していますから、反省がない場合は、教育委員会に届けて、しかるべき処置を求めるつもりです。保護者の皆さんが、お怒りになっているということをきちんと自覚してください」

岸田が、立ち上がった。

「なにかご意見があれば伺います」

市教組分会長の山下が挙手した。

「市教組も、君が代には反対ですが、入学式を混乱させてはいけないと、全員起立して、式を成功させるということを分会として決めました。市教の人たちは、反省してください。一部の人たちのために、職員全体が迷惑です」

大城がつぶやいた。

「ちゃんと写真も撮ったで」

「ご苦労さん」という声が聞こえた。その瞬間、大村が、椅子を倒さんばかりの勢いで立ち上がった。

「犬みたいなことするな！」

みんなはあっけにとられた。

「市教組はいつから、権力の手先になったんや！　起立するかどうかを何で組合で決めるんや。そんな権限あるんか」

周りに制止され、大村がいったん着席した。その時、「すみません」と言って、今村が立ち上がった。

「すみません。失礼します」

今村は何を言うつもりなのか。みんなは注目した。

「あの、私は入り口で、校長先生と保護者の方がお話しされるのを聞いていました。保護者の中には、私も夫も歌いませんでした。先生たちの中にも、着席しておられた方がいたので、安心しました。と言っておられた方がいました」

「おったおった」という人や、うなずく人たちがいた。

「私は、必ずしも、保護者の方が怒っておられたとは思いませんし、むしろ共感された方もあったと思います」

そんなのはごく一部や、という声が起こった。

「私は、もっと、意見の違いを認め合える学校であってほしいです。すみません。生意気なことを言いました」

今村の着席後、職員室の空気は大きく変化していた。校長の言葉の呪縛が解けたように、あちこちで私語が起きた。

純一は発言を求めた。

「私は着席しました。しかし、それは組合で決めたり、指示があったからではありません。自分の責任で、自分の良心に従って着席しました。前にも言いましたが、憲法では内心の自由を認めています。間違ったことや、恥ずかしいことをしたとは思っていません。組合は違っても、教育の自由、良心の自由を守るために、みんなで力を合わせていきたいということを、心から願っています」

何人かが拍手した。

岸田は、校長の方を見て、うなずき、会議を終わりますと言った。校長は黙って、校長室へ入っていった。

こうして、市教分会をつるし上げようという、校長と一部職員たちの目論見は失敗した。校長は、もうこの問題で何も言わなかった。言えなくなったのだ。

純一は、改めて今村に、市教加入を勧めようと思ったが、今それをやると、ますます市教組分会と対立を深めると思い、しばらく間を置こうと思った。同じ職場の中で、常に対立的になるのは避けたい。もう役員選挙で争う時代ではないのだ。お互いの立場を尊重しながら、子どもたちのために頑張っていきたいものだ。田村も同じ意見だった。

これからは、再び担任に戻って、多忙な中で支部書記長の仕事をこなしていかなければならない。純一はふーっと息をついた。

新たな闘いの日々が待っていた。

第六章　悲しみを超えて

1

純一たちが、一九九〇年二月に、新しい教職員組合・大阪市教の南支部を立ち上げ、希望に胸を膨らませて、組合活動を始めてから四年が過ぎた。

娘の真紀が中学生となった時期に、純一たちは、共済の住宅ローンで建売住宅を購入し、府下のY市に引っ越した。ＪＲの駅に近く、市内中心部にも時間をかけずに行けるし、近くに大きな公園もある。一時不登校となりかけた真紀も、新たな環境で中学へ行くということに乗り気だったし、妻の久美子も賛成した。夫婦とも通勤時間も一時間未満で行ける。

南支部の書記長となった純一にとって、非専従で授業を持ちながらの活動は忙しさも苦労もあったが、これまでやりたくてもできなかったことがやれるというのが大きな励みとなり、元気に活動してこられた。電話リレーで職場の組合員をつないだ春闘の取り組みに始まり、夏休みの宿泊教研、地域での子育て集会、そして教育実践力をつけるための連続講座など、いずれも好評だった。

湾岸戦争勃発の時の御堂筋デモには、大阪市教の隊列に、支部からも二百人近い組合員が参加してくれ、力強く行進したことも大きな喜びだった。組合員も着実に増え、新任の教員も数人加入してくれている。

そんな順風満帆と言ってもいい中で、大きな心配事は、支部の定期大会を前にして関谷真知子支部長が病気で休職となったことだった。

「しばらく休職しますが、また元気になったら戻ってきますので、よろしく」

いつもと変わらぬ笑顔を見せてそう言った関谷だったが、純一たちには詳しい病状を話してはいない。子宮がんということなのだが、どれくらいの進行状態なのかもわからない。

組合を立ち上げてからの日々、純一はほとんど毎日のように関谷と話し合い、長い電話も交わしてともに活動してきた。

純一の目から見て、関谷は人を動かす名人だと思えた。女性の組合員一人ひとりの置かれた状況や性格を掌に乗せた如く把握し、訴えかけをすることだった。婦人部長としての経験を生かした細やかな活動スタイルだった。

大きな活動が終わると、関谷はよく執行部の面々を自宅に招いて、手料理でもてなしてくれた。中学校の家庭科教師だった関谷の料理は絶品だった。純一が特にほれ込んだのは豚バラ肉をパイナップルと煮込んだ料理や、ワカサギのマリネだった。

食事の後は、近くのカラオケスナックに行き、一緒に歌った。関谷の一八番は加山雄三の「若き旅人」だった。

そんな関谷のもとで、純一は書記長として元気に活動を続けてきたのだった。関谷がいないということは、純一にとって大きな試練だったが、へこたれているわけにはいかない。

関谷の休職中、福祉部長の片山勝彦が支部長代行を務めることとなった。片山は、執行部の中では最年長で温厚な人柄の持ち主だ。教育実践に優れ。国語教育には造詣が深い。

「関谷支部長のようにはいきませんが、お元気で戻ってこられるまでがんばります。みなさんよろしく」

執行部一同は拍手で答えた。

関谷のいない執行委員会は寂しかったが、片山を中心に、一致団結して活動を続けた。

純一の職場は、市教組と、新たに立ち上げた市教が対立することが多く、子どもたちもさまざまな課題を抱えていたが、少しずつ落ち着きを取り戻し、穏やかな雰囲気になってきた。純一は学級担任としてがんばりながら、連日書記局で仕事に励んだ。

こうして一学期が過ぎ、夏休みを迎えたころ、純一には思いがけない仕事が舞い込んだ。

来年一月の全国教研集会が、大阪で開催される。その開会式での歓迎行事に、純一や、一緒に文化行事などの仕事をしてきた仲間たちで構成劇をつくってほしいということなのだ。

大教組の書記局に行くと、横道委員長が笑顔で出迎えてくれた。横道は、役員選挙をたたかっていたころ、よく南大阪支部の支援に来てくれた幹部だ。原則には厳しいが笑顔を絶やさない。

ひとしきりあいさつと近況報告が済むと、横道は本題に入った。

「戦後五〇年も間近いうことで、教職員組合運動の歩みをつづった構成劇をやってもらいたいんや」

なるほど、来年は戦後五〇年を迎える。ほぼ半世紀の運動を振り返るのは、教研集会にふさわしい内容だ。

戦後の教育の歩みと言えば、純一もすでに何度か取り組んだ構成劇で採り上げた、憲法の学習や勤評闘争、労戦問題などが思い浮かぶ。とにかくやってみよう。

問題は物語をどうつなぐかだ。語り手・コロスが登場して語れば簡単だが、いまいち味わい深さに欠ける。語り手として、戦後を生きてきたベテラン教師を語り手とするか。ここは考えどころだ。

純一は数日考えて、ふと思い立った。ベテラン教師と若い教師の掛け合いで進めるということだった。冒頭、二人のやり取りを出し、最後に、ベテラン教師の思いを受け継いで頑張る決意を語る若い教師のセリフで締めようというものだった。劇中歌として、「あなたが夜明けを告げる子どもたち」「子どもを守る歌」「おはよう大阪」「旅の始まり」「おーい春」などの楽曲を選び、作品を組み立てていった。

八月の半ば、一応第一稿ができたところで、純一は大教組を訪れた。

「ご苦労さん。ようがんばってくれた。ありがとう」

横道は笑顔で純一をねぎらってくれた後、思いがけないことを言い出した。

「この職場の場面やけどな。ちょっと考え直してくれへんか」

それは、労戦問題で、組合が割れるときの職場組合員の戸惑いや苦悩を描いた場面だった。純一自身もつぶさに体験したことであり、ぜひとも入れたい場面だったのだ。

「事実はここに書かれている通りやったと思う。ただ、それを見て、全国の参加者が元気になれるかどうかということなんや」

純一は納得がいかなかった。純一の職場では、残念ながら、役員選挙では支持してくれた人たちも、いざ分裂となると、なかなか新しい組合・大阪市教には来てもらえなかった。しかし、だから敗北したとは思っていない。むしろ、たとえ数人でも、よくぞ来てくれたと感謝する気持ちでいっぱいだったし、そのことによって心がくじけるようなことはなかったのだ。

台本の中では、たった二人残った組合員が、咲き残ったコスモスの花が風に揺れている姿を見ながら励ましあう場面を入れた。気に入っている場面だったのだ。

しかし、この台本は自分のものではない。自由に思いを続く文学作品でもない。あくまでも教研実行委員会から委託された台本なのだ。おそらく議論しても平行線になるだろう。純一は自分の思いを言うのをやめ、書き直しを約束した。横道は、そんな思いを知ってか知らずか、頭を下げてくれた。

2

夏休みの終わり近く、改稿した台本が仕上がると、各単組で早速メンバーを募ってもらい、稽古を始めることになった。稽古は毎週土曜日の午後、大教組書記局のある教育会館で行い、終わった後は、近くの居酒屋で交流するという計画となった。これはけっこう楽しい有意義な場となるだろう。

純一は、作・演出ということになり、毎週稽古に参加することになった。劇中歌の指揮と演奏の中心メンバーは、関西合唱団に協力してもらうことになった。

ベテラン教師を演じるのは、いつも一緒に大阪市教の文化行事で仕事をしてきた倉本秀樹に、若い教師役は府高教の井上幸子に決まった。

いよいよ、稽古が始まった。自己紹介の後、最初の読み合わせをおこなう。

「それでは始めましょう」

純一はポンと手をたたいた。

冒頭のセリフは、井上が演じる若い臨時教職員のひとり語りだ。

「倉本先生。お世話になりました。

あと二日で、今の子どもたちともお別れです。……きょう、プールに飛び込んで、子どもたちとわあわあ騒いでたら、涙が出てきてどうしようもありませんでした。別れるのが寂しいとかいうんと違うんです。悔しいんです。何もかも中途半端で出ていくのが嫌なんです」

純一は驚いた。びっくりするほど感情がこもっている。

「でも、その方が子どもたちには幸せなんやと思います。……私なんか、何も知らない、何もでけへん、ただ大声で注意するしかできません。『先生の話、分からへんわ』て、何べんも言われました。お母さんらかて、きっと講師に当たって運が悪いと思ってはると思います。……実際、それに近い言い方もされました。

ごめんなさい。こんなことばっかし言うて。……先生にお借りした本、明日お返しします。勉強になりました」

間の取り方もいい。純一が……で表現したところをたっぷりと、役の気持ちを確かめながら読んでいる。

続いて倉本だ。

「……井上先生。三ヵ月間ご苦労様。ほんまにようやってくれてありがとう。……あなたのひたむきな姿を見ながら、私は何度も励まされていました。あなたの持つ生真面目さ、誠実さをすり減らしてしまうことがないよう、祈らずにはいられません」

倉本も持ち味を生かした読みだ。彼の誠実な人柄がにじみ出ている。

「息の詰まるような職場が増えてきました。先生方が伸び伸びと、仕事に取り組めないような学校の中で、いじめ問題も起こり、子どもたちも苦しんでいます。働きやすい職場にしていく努力と、子どもたちのすこやかな成長を願う取り組みは、一つのものです」

参加者が思わずうなずいている。

「私が、あなたと同じような青年教師だったころ、そういっては、組合活動や、教育サークルに誘ってくれた先輩たちがたくさんいました。そんな仲間に励まされて、私も今日までこうやって歩いてこられました。……どうにか。

井上先生。これからも一緒に勉強していきましょう。夏の教研集会にもぜひ来てください。もうすぐ採用試験ですね。体に気をつけてがんばってください」

倉本のセリフの後、「あなたが夜明けを告げる子どもたち」の歌が入り、舞台は、戦後まもなくへと移る。

「新しい憲法のはなし」の紹介。そして勤評闘争。革新府政誕生、労戦問題。全教結成へと構成劇は進み、最後に井上のセリフと合唱「おおい春」で劇は締めくくられる。

一通り読み終えると、誰からともなく拍手が起こった。みんなの思いが一つになったところで休憩することにして、コーヒーを飲みながら雑談した。

「井上さん、めっちゃ上手やなあ」

「感動したわ」

こんな声を受けて、井上は少し恥ずかしそうに語った。

「私、あのセリフの通りの気持ちだったんです。講師も経験したし、小学生やのうて高校生相手やったけど、生徒たちともいろいろしんどかったし、高校教員なんか、私には無理やと思いました」

「相当しんどい学校やったんや」

井上はうなずいた。

「めっちゃ荒れてました。けど、倉本先生みたいな、ベテランの生活指導の前田いう先生が、いつも校門でニコニコして立ってはったんです。子どもたちが、『おう、前田、殺したろか』とか言うて通ると、『おう、今日も元気やな』って、笑いながら答えてはるんです。私もう、びっくりしてもうて」

それはすごい。高校も大変だ。しかし、そんな懐の深い先生がいてがんばっている。純一は、井上の話を聞きながら改めて視野が広がった思いがした。純一の働く地域で交流のある高校教員とはそんな話があまり出なかったのだ。

それから、稽古は、ミニ学習会を兼ねておこなうことにした。勤評闘争や、同和問題、革新府政をつくる運動など、往時のことを知る大教組役員に話を聞いたり、今の職場のようすを語り合いながら続けたのだ。それは純一にとっても、楽しく充実した時間だった。舞台でのでき栄えよりも、みんながこうして語り合い、学びあう場が持てたことがうれしかった。

こうして二学期も終わろうとしていたころ、関谷から手紙が届いた。年内復帰を目指していたが、再入院することになり、難しい状況だということが書かれ、次のように結んであった。

「本当にあなたにはご苦労をおかけしますね。とりわけ婦人部のみなさんはさぞにぎやかで、いろいろ注文や苦情も多いでしょう。でも、あなただからいいのです。あなたなら、みんなと団結してやっていけます」

純一はくり返し手紙を読んで、これからのことを考え続けた。

3

穏やかな新年を迎え、家族で語らい、一息入れた純一は、新たな決意で三学期を迎えた。いよいよ教研集会もまじかだ。何日か休むとなると、学級の方もしっかりと準備しておかなければならない。

そして、あの日、一月一七日の朝が来た。

二階の寝室で夫婦で寝ていた純一は、激しい揺れを感じて目を覚ました。箪笥の上に積んであった洋服の箱が枕元に落ちてきた。

「地震や」

妻の久美子も目覚め、真紀の部屋へ転げるように向かった。揺れは続いている。外へ出た方がいいのか。部屋の中にいるべきか。迷っているうちに、少し揺れが収まった。

テレビをつけると、地震が報道されている。

「五時四六分、兵庫県淡路島北部の明石沖を震源地とする地震が発生しました。マグニチュード7.3……」

報道は繰り返し続いている。相当な大地震らしい。大阪市内にも影響は及んでいるようだ。ただ、今のところ、家の中では大きな被害はない。表に出ても、特段変わった様子はない。三人はともかくいつも通りに食事をとりながらテレビの報道に注目した。神戸の三宮など中心地の映像が盛んに出てくる。デパートなどのビルも傾いている。高速道路も崩壊しているようだ。

家族三人は、食卓で話し合った。真紀の学校はおそらく通常通りだろう。久美子と自分の学校がどんな状況かはよくわからないが、ともかく早めに出勤しよう。純一は、あわただしく朝食を摂り、駅に向かった。

ＪＲ久宝寺駅には、通勤客がいつも通りいたが、電車はどうやら停まっているようだ。小さなこの駅には売店もなく、駅員もいたりいなかったりするくらいで、アナウンスもなく、もちろん電光掲示板などはない。七時を過ぎた時、純一は駅前の公衆電話で学校へ電話した。

純一は、電話に出た教頭に電車が不通であることを伝え、電車を待ち続けたが、七時三〇分になっても不通のままだ。もう一度電話をかけたが、今度は電話も不通になっている。

やむなくいったん家に帰ると、妻は出勤していた。真紀の話では、「近鉄は動いているから出勤する」と言って出たという。自分も近鉄で行こうか。だが、大阪市内に出ても、地下鉄が止まっていれば、歩いて出勤するのは相当厳しい。

結局純一は出勤をあきらめ、自宅待機することにした。真紀が登校した後、二時間ほどして久美子も帰ってきた。

「市内は全部休校」

「やっぱりそうか」

久美子の話では、半数ほどの教職員が車や自転車で出勤してきたが、ほどなく休校の指示があり、子どもたちを帰らせて、自分も帰宅したのだという。

「西淀川や此花区の方の方は相当被害があったみたい」

久美子の職場はそれほどの被害はなく、子どもたちの家も、被害はなかったようだ。純一の職場も、何もなければいいのだが。連絡がつかないのは困ったものだ。

今日は三時から、目前に迫った教研集会の諸準備を議題とした、大教組の単組代表者会議が本部で行われる。幸い近鉄が動いているから、上本町にある本部には問題なく行ける。

純一は会議に出かけることにした。

「教研どうなるんやろね」

久美子が心配そうに声をかけてきた。被害の程度にもよるだろうが、実施は難しいのかもしれない。

「わからん。ともかく行ってくるわ」

純一は駅に向かって自転車を走らせながら考えた。教研中止ということになれば、歓迎行事でともにがんばってきた日々が水泡に帰す。それはあまりにも寂しい。だが、現実に被害を受け、家も倒壊したり、暮らしを脅かされた人のことを考えると、そんなことは小さな問題なのかもしれない。

会議室に入ると、緊張した雰囲気が伝わってきた。

全教役員のあいさつの後、衝撃的な報告があった。全体会の会場を予定していた守口市の体育館が、天井の崩落により使用できなくなったというのだ。

「残念ながら開会時の全体会は中止することを決定しました。全国から来ていただいた役員や参加者のみなさんに、救援活動に参加していただき、分科会は何とか実施したいと考えています」

横道委員長のこの発言に対し、強い反対の声が上がった。

大阪市教西大阪支部の代表が立った。

「西大阪では、組合員の勤務する学校はもちろん、自宅も大きな被害を受けています。亡くなられた組合員もいるというこのような時期に、教研をおこなうことは考えられません。今は、一丸となって、災害支援に取り組む時です」

この発言に共感する意見が相次いだが、支援活動にも取り組みつつ、教研の全面中止は避けたいという意見も出された。結論は全教と大教組の会議にゆだねるということで散会となった。

その夜、テレビでは、長田区の火災が続くありさまが放映され、いまさらながら災害の大きさに驚かされた。純一にとっては初めての経験だった。

結局、教研集会は、一部取りやめた分科会もあったが、可能な範囲で行われ、開会集会で上演される予定だった構成劇は、中央公会堂で行われる「市民に送る夕べ」で場所を変えて上演されることになった。純一はうれしかった。これでともかく上演できるのだ。

「市民に送る夕べ」の中央公会堂はほぼ満員となった。司会者のあいさつの後、すぐに舞台の幕が上がった。

井上のセリフが始まる。しっかりと落ち着いた語り口だ。

舞台は、戦後へ飛び、いくつかの闘いの歴史を経て、一九八九年、東京山手教会での全教結成宣言が読み上げられた。

全労連結成を記念して作られた「旅のはじまり」が歌われ、続いて短いコールを挟んで歌が「たんぽぽ」に変わった。

いよいよエンディングが近づく。倉本が登場した。

「井上先生、採用試験合格おめでとう。よかったなあ。

これから、あなたの新しい道が始まる。子どもたちと共に、未来を拓く道や。若いあなたたちに、希望のバトンを渡せることが本当にうれしい。……まだ、寒さが厳しいけど、春を準備する人々が、私の周りにも、あなたのそばにもいっぱいいる。……もうすぐ卒業式ですね。お互いにがんばりましょう」

井上が登場した。

「倉本先生。今日、卒業式でした。聞いてください。半年間わたしが音楽を教えていた子どもたちが、集まってくれて、『たんぽぽ』をうたってくれたんです。『君が代』が流れていた時はじっとうつむいていた子や、元気のなかった子どもたちが、私の周りに来て、お別れの歌やと言って、私が一生懸命教えた『たんぽぽ』を……授業中はあんなに私を困らせとったのに……」

卒業式で君が代が流れた時、子どもたちが一斉に「たんぽぽ」を歌ったという話は、京都の奥丹地方で実際にあった話だ。純一はそれを取り入れたのだ。

会場はじっと井上のセリフに集中している。目頭をぬぐう人もいる。

「先生。四月から新しい職場に行ったら、私も全教の一員になれますね。先生方が歩んでこられた道を、私も後からついていきます。しっかりと歩いていきます」

「たんぽぽ」が終わり、「おーい春」のうたごえが湧き起こった。

「おーい春

おーい春

やってこい春

春　こい

……

いのち芽吹く春よ」

歌い終わると、会場から割れんばかりの拍手が起こった。

舞台は成功したのだ。

4

教研集会が終わって数日後、純一たちは被災地神戸へ、炊き出しのボランティアで訪れることになった。行く先は、三宮から少し山の手へ登ったところにある小学校だ。そこに被災者が避難している。

純一たちは執行委員会を開いて具体的に相談をした。

「行く日は、次の土曜日です。我々で、被災しているみなさんのお昼を用意することになります」

純一の説明を受けて意見が相次いだ。

「炊き出しいうことは、やはり、向こうでご飯を炊くいうことか」

「おかずはどうする」

「豚汁とか、かす汁とか、暖かいものがええんと違う」

「わかるけど、豚汁とかは、毎日続いているんと違うかな」

そうかもしれない。誰しも考えることだ。

「あの、ぜんざいはどう」

いつもユニークな意見を言う岩上美知子が発言した。

「昼食としてはもーつやけど、もし、甘いものが欲しい人には喜ばれるんと違う」

ぜんざいとは意表を突かれた。しかし、確かに喜んでくれるかもしれない。

「お餅を焼いて、甘いものが嫌いな人には、お醤油とかつけて食べてもらったらええんと違う」

岩上の言葉で話はまとまった。

アウトドアの好きな事務職員の山口に頼んで、バーベキューセットやズンドウを用意してもらい、ワゴン車に積んでいくことになった。早朝から出発し、夕方に帰るという計画で、純一たち参加者六人が決まった。

純一は前夜から書記局に泊まり込み、ソファーで毛布をかぶって仮眠した。午前四時、山口のワゴン車が着いた。近くに住むメンバーも自転車や車で集合した。電車で行くメンバーもいる。

ワゴン車は、ボランティアであることを示す標識をつけ、一路神戸に向かった。ほぼ順調に走り続けたが、高速道路が無残に壊れ、寸断されているのを見ると、緊張感が高まる。

「すごい被害やなあ」

「ほんまに」

三宮の駅前も、デパートが大きく傾いている。道路も波打っている。これからの復旧はさぞ大変だろう。

一行は三時間ほどで目的地の学校に着いた。

遅れて電車と徒歩でたどり着いたメンバーも合流し、準備に取り掛かった。まずは火をおこし、ぜんざいを煮るのと合わせて餅を焼くことになる。餅は相手に合わせて焼いた方がいいので、少し待ってから取り掛かる。

他にもボランティアのグループが汁物を作っている。

「今日は何してくれるの」

そんなことを言いながら通り過ぎる被災者の女性もいる。頼りにされているのかもしれない。

正午にアナウンスがあった。

「昼食の時間となりました。今日はボランティアの方が、おぜんざいを用意してくれました。みなさんどうぞ外に出てください」

校舎から次々と人たちが出てくる。俄然忙しくなった。黙って食べ、さっさと去っていく人もいるが、笑顔で「ありがとう」「おいしかった」と言ってくれる人もいる。

忙しく働き、たっぷり用意してきたつもりのぜんざいがほぼなくなった。仕事は無事終わったのだが、自分たちの食事にもありつけない状態だ。

「なんかお弁当用意してきたらよかったね」

そんな話が交わされた時、岩上がぽつりと言いだした。

「こんなとき関谷さんがおったら、絶対みんなの食べるもの用意してくれてるわ」

「ほんまやなあ」

山口がうなずいた。関谷は、そうやって気配りを欠かさない人だった。

その日、四時間ほどかかって、書記局に戻り、純一が家に帰り着いた時は七時を回っていた。

「お疲れ様。お風呂入るか」

久美子が夕食を用意して待っていてくれた。味噌のこげる香ばしい香りが漂っている。

「ええ匂いしてるなあ」

「牡蠣の土手鍋作ってみたんよ。真紀も、牡蠣大好きや言うし」

「やった。すごいやん」

働くのに夢中で自分の昼食はうやむやだった純一は空腹だった。さっそく三人で鍋をつつきながら、被災地のようすを語り合った。

「私も来週支援に行くわ」

久美子はそう言いながら、ふと思い出したように言いだした。

「関谷さん、どんな具合やろ」

「さあ、ぼくらも回復を待ってるだけで、あんまりわからんのや」

久美子も、青年部で活動していたころから、関谷のことは知っている。港三人娘と言われて、港支部で活躍していたころ、久美子も西北支部でがんばっていたのだ。

純一はあらためて思った。今日も関谷がいてくれたら、岩上の言うようなお弁当だけでなく、もっと工夫をこらした炊き出しを提案していただろう。女性の組合員も、もっと参加してくれただろう。そんなことを考えると、関谷のことがしきりに思い出された。

「早く元気になってくれることを祈りましょ」

久美子はそう言って、目を閉じた。

5

それからほぼ一週間が過ぎた一月二七日。二時間目の授業を終えて、職員室に降りてきた純一は、電話を告げられた。

「もしもし、小宮さん……」

教文部長の戸田裕子の声だ。

「はい、小宮です」

「……関谷さんが、……関谷さんが今朝亡くなったんよ」

「えっ……」

純一は言葉を失った。あまりにも突然の知らせだった。

「私、今、関谷さんのお家にいるんや。中田さんもいる」

「わかった。とにかくぼくもそちらへ行くよ」

電話を切った後、しばらく純一は呆然としていた。そんなに関谷は悪かったのか。知らなかったのは自分たちだけなのか。ともかく、行こう。純一は急いで自習の段取りをつけ、教頭に時休を申し出た。

「うちの組合の関谷支部長が亡くなりました。これからお宅の方へ伺いたいと思いますので」

「それはご愁傷様。気をつけて行ってあげて」

純一は自転車で関谷の家に向かった。約三〇分ほどの道を走りながら考え続けた。知らなかった。やがて元気に職場復帰すると思っていた。だが、病状は悪かったのだ。もしかしたらすでに死期を悟っていたのだろうか。

なぜ、早期発見できなかったのだろう。ドックを受ける間もないくらい多忙な日々の活動に追われていたのだろうか。関谷の夫信一氏は、元教師の先輩活動家で、市教組南支部の青年部長だったが、早期退職して、今では共産党の市会議員だ。その夫を支える活動と、教育実践と、組合活動と、そのどれにも全力投球してきたのだろう。もっと、自分たちがそのことを理解するべきではなかったろうか。考えれば考えるほど、純一の心は乱れていった。

関谷宅に着くと、夫の信一氏が出迎えてくれた。

「小宮君。忙しいとこをどうも」

「先生……」

純一は、言葉が出てこなかった。黙って深々と頭を下げた。

「逢うたって」

部屋へ通されると、座敷にお棺が安置されていた。

「小宮さん。よう来てくれたね」

お棺の傍らに座っていた中田洋子が声をかけてくれた。中田は、かつての港三人娘の一人だ。役員選挙を先頭になってたたかい、今では市教本部の役員を務めている。傍らには、戸田裕子や、支部役員の長谷川英子もいた。

短くあいさつを交わし、純一はお棺に手を合わせて、中をのぞいた。関谷の顔は依然と変わらず美しくさわやかだった。声をかければ、答えてくれそうな顔を見ていると、目頭が熱くなった。

「関谷さん、悪かったんですね」

「私らも知らんかったんよ。ただ」

中田がつぶやくように言った。

「信一さんがな、人間も五〇まで生きたら、もう充分生きたといえるからと、真知子さんのことを言ってたんよ」

「いつの話ですか」

「もう一年以上前。わかってたんやね。きっと」

中田の声が潤んだ。


それから地域の人や共産党役員の人たちも訪れ、中田たちも加わり。葬儀の段取りを相談し始めた。純一は少し離れて話を聞いていた。どうやら、ここに集まった人たちで、葬儀委員会をつくる模様だ。

告別式は明後日の日曜日、地域の公民館を借りて無宗教で執りおこなうことになり、関谷の教え子、職場の同僚、そして純一が組合を代表して弔辞を読むことになった。


相談している間に棺を運び出す時間が来たらしい。信一氏が、棺のそばに座るのを見て、中田が純一たちに部屋を出るよう促した。

「お別れしはるんや」

純一は黙祷して部屋を出た。

その晩、純一は弔辞を考え続けた。関谷の人柄や、業績を語りたい。同時に、自分たちがいかに関谷を惜しんでいるかを伝えたい。

思えばこれは大役だった。純一は苦しみながら夜の更けるまで考え続けた。


日曜日は晴天だった。純一は弔辞を携えて式場に向かった。祭壇に飾られた関谷の写真は、微笑みかけている。学校関係者や、関谷の職場の同僚、保護者、生徒が参列し、会場はいっぱいになった。

弔辞が始まり、教え子、同僚に続いて純一の番が来た。

「関谷真知子さん。

阪神大震災に見舞われ、命の重さを痛感しつつ、悲しみをかみしめている私たちにとって、あなたのご逝去は耐え難い思いです」

ここまで読んだとき、純一はぐっと声が詰まった。読まなければいけない。そう思いながら、言葉が続かなかった。

「……あなたは、人を組織し、その持ち味を生かして活動してもらうことの名人でした。何をするときでも、一人ひとりに細やかに連絡を取り、仕事を依頼し、結果の確認と感謝や激励を怠りませんでした。……」

書記局で関谷の電話している姿が浮かんでくる。

「南大阪支部長のあなたは、困難なときも、常に優しく、苛立ったり、語気を強めることもなく、組織の団結に心を配っておられました……」

また込み上げてくる思いをこらえながら、純一は読み続けた。いよいよ締めくくりだ。

「……明日に生きる子どもたちに、希望の灯をともすことを、根本的な使命とする教職員の私たちは、あなたを失った悲しみを乗り越え、その志を継いで、心ひとつに歩み続けることを誓います。大阪市学校園教職員組合　小宮純一」

弔辞を終え、純一は深く一礼した。

この決意通り、これからもがんばらなければならない。だが、それは今まで以上に厳しい歩みとなるだろう。

純一は、冷たい風の吹く中を、駅へ向かって歩いて行った。

第七章　別れの時

1

穏やかな春の日差しの中、どんこ船はゆっくりと進んでいく。赤レンガの蔵や武家屋敷のなまこ壁が流れていく。

春休み、しばしの休息を求めて九州へ一人旅に来た純一は、白秋の故郷で知られる柳川を訪れ、水郷の川下りを楽しんでいた。

レンギョウの花こぼれたり石の上

こんな句をふと思いついた純一は、手帳に書き込んだ。教科書にもあった三好達治の「いしのうえ」という詩から連想したのだ。大きな荷物をやっと降ろしたような、長いトンネルを抜け出たような気分に浸っていた。

思えば本当に厳しい一年間だった。

昨年春、関谷支部長の後を継いで、大阪市教南支部長に就任した直後に、七年間勤めた職場を離れ、S区のM小学校へ転勤した純一を待っていたのは、これまで経験したことのない、荒れ果てた学級だった。

M小学校は、一学年五学級の大規模校で、かねがね分割が議論されていた。

ここ数年、高学年もかなり荒れていたが、純一が担任となった四年生のクラスも、初日から教室を飛び出すような状態だった。これは純一にとっても初めての経験だった。

純一は、できる限り、子どもたちを押さえつけるのではなく、彼らの心をつかもうと努めたが、なかなか思うようにはいかなかった。保護者の力を借りようと、毎日の授業を公開したり、保護者との回覧ノートを作ってみようと考えたのだ。だが、そういうやり方に、学年では異論も出された。保護者にあまり入り込まれては困る。あなたの学級だけの問題ではないというのだったが、純一は同僚に頭を下げ、そのやり方を認めてほしいと主張した。

「すみません。ぼくは力不足なので、保護者の力を借りて学級を立て直したいんです。このままではどうにもなりません」

「わかるけど、私らまで、親が授業見せてくれ言うて来たら困るわ」

こんな声と同時に、理解してくれる意見も出た。

「転勤したての先生に、しんどい学級やってもろてるんやから、応援しよ」

「ありがとう」

そんなやり取りを通じて、一応学年の了解も得たが、やってみると、来てくれる保護者は数人だった。純一が来てほしいと思っている家庭の保護者はなかなか来てくれなかった。しかし、それでも自分たちの親が来ているということは、子どもたちに刺激を与え、徐々にクラスは落ち着いてきた。

純一の気持ちとしても、いい加減な授業を見せたくない。毎日が学習参観日だという精神的プレッシャーは大きかったが、ここはがんばるしかなかった。

かつてないほど学級指導に苦労する中で、どうしても組合活動にも力が入らなかったが、何とか穴は空けずに活動を続けた。幸い書記長ではなく支部長となっていたため、日常の業務は少なくなっていたので、毎日書記局へ足を運ぶことはなくてもよかった。

純一は、その時間を活用し、教材研究に取り組み、家庭訪問に力を注いだ。

努力の甲斐あって、二学期からは学級もほぼ落ち着き、終業式には、教室に行くと、黒板に「先生、一年間ありがとう」と書いてあった。苦労がむくわれた思いだった。

そんな一年間を経て、自分への労いの気持ちで一人旅に出たのだった。

短大を出て、病院の事務職員として働いていた娘の真紀が、昨年春、職場の医師と結婚し、奈良市に新居を構えてからは妻と二人だけの生活だった。

娘の成長過程ではいろいろな苦労もあったが、ともかく自分の意志で新たな人生を歩み出してくれたことは、純一夫婦にとっては何よりの喜びだった。

研究集会や組合大会の参加などではなく、気ままな一人旅で四日も離れるのは初めてのことだが、妻の久美子は、気持ちよく送り出してくれた。


純一は翌日、湯布院へと向かい一泊の後、帰宅の途に就いた。船中での一泊を含め、リフレッシュした三泊四日の旅だった。

「お帰り。楽しんできた？」

出迎えてくれた久美子に、九州土産を渡し、我が家の風呂に入った。気ままな一人旅をさせてくれた久美子に感謝しつつ、湯船で目を閉じた。明日からまた新たな日々が待っている。


翌日、手土産を携えて出勤した純一は、「話がある」と教頭に呼ばれた。

校長室に入ると、校長と教頭が待っていた。

「一年間ご苦労さんでしたね。ようがんばってくれた」

「いえ、力不足で、お恥ずかしいです」

教頭とやり取りしながら、改めて苦しかった一年間を思い出す純一だった。

「それでな、小宮先生。来年度のことなんやけど」

校長がゆっくりとした口調で話しかけてきた。

「はい」

「理科専科やってほしいんや。六年生付きで」

「え、ぼくが」

「先生は担任希望してはるし、意に添わんことはわかってるんやけど、引き受けてほしいんや」

当然担任、たぶん五年か三年と思っていた純一は驚いた。なぜ自分が理科専科なのだ。

「知っての通り、新六年生もなかなか大変や。できるだけ手厚くしたいと思ってな。音楽と理科の専科をつけることにしたんや」

「はあ」

言われることはわかる。確かに六年生が一番しんどいだろう。空き時間を少しでも多く作り、学年の仕事も分担できるようにしてあげることは大切だ。

「六年の担任は全員持ち上がってもらおと思てるよって、ぜひ先生に助けてほしい」

教頭は軽く頭を下げた。前もって、こんな風に話してくれるということは、考えようによってはていねいな人事だと思った。

だが、実のところ、純一は子どものころから理科が苦手だった。高校時代もさぼっていた。おまけに教師になった時、理科専科の人がいて教えずに済んだこともあって、これまで最も力を入れてこなかった教科だった。花の名前もろくすっぽ知らないし、化学は特に苦手だ。

「代返ばれて赤くなり、呼びつけられて青くなり、リトマス試験じゃあるまいし、嫌な化学はやめちまえ」

中学時代にそんな歌を口ずさんでいたことを思い出す。だが、こうなったからにはがんばらなくてはなるまい。子どもたちは授業が面白くなければ、まず、専科の授業から崩れていくだろう。そうならないように、しっかりとよくわかる面白い授業を提供しなくてはならない。純一はそう心に誓った。

2

新学期が始まり、学年の人たちと顔合わせが行われた。学年は五クラス、男性は学年主任の江藤、少し若手の大谷、女性は中野、大崎、上島の三人でいずれも中堅クラスだ。純一以外の五人はいずれも市教組組合員で、純一だけが市教の組合員だ。江藤は市教組の支部役員も務めたことのある活動家だし、他のメンバーも結束している。だが、純一はあまり彼らに壁を感じなかった。

子どものために力を合わせていけばいいのだ。一緒に昼食をとりながら、純一は打ち解けた気持ちで話し合うことができた。

「ぼくは、理科は苦手だったので、勉強不足ですが、一生懸命やるのでよろしくお願いします」

純一はそう言って頭を下げた。

「またまた、ご謙遜を」

大谷が、冗談とも本気ともつかぬ口調でそう返した。どうやら純一が市教の支部長であるということを意識しているようだった。

職場には純一を含めて六名の市教組合員がいた。月一回、市教と市教組は話し合って、同じ日を分会会議の日と定め、同時にそれぞれの教室で行った。ニュースの配布や、掲示板の活用、職員朝会での発言など、とりわけ争うこともなく行われていた。

まもなく理科の授業が始まったが、子どもたちはまずまず落ち着いて話を聞いてくれたし、実験も普通にこなした。各クラスでの指導がよく行き届いているようだった。

授業はきちんと予定した内容を教えなければならないし、延長することはできない。純一は毎時間研究授業をするような気持ちで、教材研究に励んだ。

六年生最初の教材は「物の燃え方」だ。まずは、ろうそくを燃やし、物が燃えるためには空気が必要だということを学ぶ。

少し落ち着いてくると、純一は、どうすればもっと面白い授業ができるのかを考えた。得意の国語でも経験したことだが、知識を教え込むのではなく、子どもたちにいろいろ考えさせたい。みんなで話し合い、予想を立て、実験を通じてその予想が覆されるとしたら、きっと子どもたちの心に残るだろう。

そんなめざす授業をやる日がやってきた。連休明けの学習参観日だ。参観日には、順番に各学級の授業を受け持つことになっている。最初は足立の学級だ。

純一は実験を通して、物が燃えるということは酸素と結びつくことであるということを学ばせようと思った。

授業が始まった。

教卓と各班の机には、三脚台に乗せた金網。その上にはアルミホイルでつくった皿を置き、薄く広げたスチールウールが用意されている。

「今日は物の燃え方の発展学習として、スチールウールを燃やしてみます。燃やす前に、スチールウールの重さをはかってください」

子どもたちが測り終えた後、純一は、改めて語りかけた。

「そこで問題です。燃やした後のスチールウールの重さはどうなるか。増えるか、減るか、変わらないか。各班で話し合ってください」

話し合いが始まり、班ごとに意見を発表した。

「減ると思います。燃やしたら、かさが縮むから」

「減ると思います。煙が出たりして減るから」

六つの班の内で、五つの班が減るという意見で、一つの班だけが変わらないという意見だった。

「それでは燃やしてみます」

純一は、教卓のスチールウールの端にマッチで火をつけた。スチールウールは、線香花火のように光を放って激しく燃える。子どもたちからおお！という声が上がった。

「それではみなさんも燃やしてください。気をつけてね」

純一は各班を回って安全を確認しながら、燃やす様子を見ていった。

ほどなく燃え尽きたスチールウールは黒い塊となっている。

少し冷めたところで、ピンセットで挟み秤に乗せる。各班では驚きの声が上がった。

「増えてる」

「なんでや」

純一は、改めて問いかけた。

「燃やしたスチールウールが重くなったということは、何かが増えたことになります。しかし、何もくっつけてはいません。いったい何が増えたのでしょうか」

しばらくたって、一人の子が手を挙げた。

「空気です」

「なるほど。物が燃えるときには、空気が必要ですね。これはすでに学習したことです。しかし、空気の中にもいろいろなものが含まれている」

誰かが酸素とつぶやいた。

「そうです。酸素です。物が燃えるには酸素が必要です。燃えるということは、燃えるものが酸素と結びつくことなのです」

純一は、ラボアジェの肖像を黒板に張り付けた。

「これはフランスの化学者ラボアジェという人です。今から一〇〇年前に、ラボアジェは、物が燃えるのは酸素と結びつくことであるということを実験を通じて明らかにしました。今、みなさんも、ラボアジェと同じことを実験して見つけたのです。拍手！」

一斉に拍手が起こった。実験はまずまず無事に終わったのだ。

学級へ子どもたちを帰しながら、大谷が話しかけてきた。

「面白かった。先生、やるね」

「いやいや。教科書にないことやってるから、お叱りを受けるかもしれんと思てたんや」

「先生らしいわ。型にはまらんとこが気にいりました」

大谷は機嫌よく去っていった。

純一は、満足だった。ともかく、思った通りやり遂げたのだ。

それから純一は、熱心に教材研究を続け、改めていろいろなことを考えるようになった。これまでは気に留めなかった道端の花などにも目を向け、地層が見つかると写真に撮ったりした。

これまでは、国語の教材研究には熱心だったが、理科などは全くおざなりに、テレビに頼った授業などが多かった。それは反省しなくてはいけないが、全教科の教材研究をしっかりやる時間がないのも事実だ。今は、空き時間もあり、理科の研究だけをしっかりやれるから、工夫した授業もできる。教員にとって、教材研究の時間を保証することは絶対に必要なのだ。そうすれば授業が変わる。何より子どもたちのためになる。

純一は改めてこのことを強く感じた。

3

その年の終わりごろ、次年度のクラブ活動を決める会議が行われた。

純一は、転勤した年は、読書クラブということになっていたが、何とかして演劇クラブを立ち上げたいと考え、自分が顧問をするから希望を取ってほしいと申し出た。

アンケートの結果、幸い希望者が八人あり、発足を認められることになった。全員女子だったが、前任校でもそんなものだったし、十分やっていけるだろう。

理科専科だけでは寂しかったが、情熱を注ぎこめる場所ができて、純一の心は弾んだ。また子どもたちと演劇ができるのだ。

年度が替わり、再び六年生の理科専科になった純一は、演劇部顧問となり、情熱を傾けた。一学期は、エチュードや朗読など、さまざまなレッスンに取り組み、あわせて、どんな劇がやりたいかも話し合った。

登場人物がすべて女子で、七、八人程度の劇ということで、純一は、全員校で上演した自作の「修学旅行の夜に」という脚本を提案し、年度末のクラブ発表会で上演した。幸い好評で、翌年は男子の部員も加わり、人数も一挙に三〇人近くとなった。

純一は、久しぶりに新たな脚本づくりに取り組もうと決意した。モチーフは、これまであまり向き合ってこなかった太平洋戦争のさ中を生きた子どもたちを描きたいということだった。M小では、夏休みに平和集会を行っているし、広島への修学旅行も実施している。そこで戦争体験なども聞く機会があり、子どもたちも一定の学習を積んでいるようだ。演劇クラブとしても、そうした作品を手掛けてみたい。

純一は子どもたちの意見を聞くことにした。

「今度、戦争中の話を劇にしたいんやけど、みんなどう思う。何か意見があったら聞かせてほしい」

「暗そう」というつぶやきが起こった。

確かに、戦時中を描けば、いやおうなしに暗い話になりそうだ。出征、空襲、食糧不足、明るい話になりようがない。だが、終戦で希望が訪れる。青空教室で、新しい憲法を学ぶとか、そんな場面も創れるのではないだろうか。

「私ら、そんな時代のことわからんし、むずかしいと思います」

そんな意見も起こった。

しばらくみんなが黙り込んだ時、いつも控えめな山本ありさという子がぽつりと言った。

「タイムスリップして、また帰ってきたらいいと思います」

純一の頭を何かが駆け抜けた。そうだ、その手がある。現在ここにいる子どもたちが、タイムスリップして、戦争中の日本に行ってしまい、また戻ってくる。そうすることによって、さまざまな体験をすることになる。現在の感覚、常識、知識を持った子どもたちが戦争中の農村で、いったいどんなことになるだろうか。きっと暗いだけの話にはならないだろう。

純一は、早速プロットを作った。時は現在と一九四五年の夏。舞台は、子どもたちが林間学舎で訪れる鉢伏高原近くの村を中心に展開する。

少しはみだしグループの女子四人がタイムスリップし、疎開に来ている子どもたちと出会う。奇妙な服装で、信じられないことをしゃべる得体の知れない四人は、村一番の旧家。藤田家に預けられる。四人は、そこで喘息で苦しむ子を助けたり、志願兵になろうとする学生と議論したりしながら、大阪へ向かう。空襲に見舞われる中、再びタイムスリップした四人は無事、現代の大阪に戻ることができた。貴重な体験をした四人は、あらためて命の大切さや、友だちとの絆を思うという物語だ。

純一は、ほとんど想像に頼って一気に脚本を仕上げた。

稽古は順調に進み、本番まであと一週間という時、インフルエンザがはやりだした。部員ではまだ誰も感染していないようだが、いつ誰がかかってもおかしくない。学級閉鎖ということにでもなれば、クラブ発表会も延期か中止になるだろう。そんなことにはなってほしくない。

純一は、過去に学芸会や学習参観で劇を上演した時、当日になって、出演の子どもが欠席した経験がある。その時は、何とか代役で乗り切ったが、いつもうまくいくとは限らない。限られたメンバーでやっている演劇で、誰かに休まれたら大変だ。純一は、最悪の場合を想定し、スタッフに回っている子どもたちに、いざという時は代役で出てもらうかもしれないと訴えた。

「どの役かわからん」

「そんなんセリフ覚えられへん」

子どもたちの訴えに純一は笑顔でうなずいた。

「ごもっともです。脚本見ながらやってもええし、適当にセリフけてもええし、とにかく、舞台に出て、思う存分やってくれたらええ」

もともと劇が好きで部員になった子どもたちだ。純一の言葉に何となくうなずいた。

不幸にも、不安は的中した。集団疎開で子どもたちを引率していた、後藤先生という怖い教師を演じていた子が、風邪気味だからと休校したのである。

やむなく、純一は照明係の山田浩二に代役を振り当てた。浩二はいたっておとなしい子で、後藤先生とは真逆である。

「山田君て。まったく自分と違う役になれるんや。思いっきり楽しんでくれや」

純一の励ましに、浩二はちょっと困ったような顔でうなずいた。

「台本持ったままでええからな。観察日誌か何か、黒い表紙つけて持っていることにして台本持ったらええ。子どもたちをにらんだりしながら台本見たらええんや」

「はーい」

リハーサルなどはする間がないまま、午後からいよいよクラブ発表会が始まった。

セミの鳴き声と共に幕が上がると、リュックを背負った四人の子どもたち、カオリ、アリサ、マミ、ミキが登場する。そこに男の子ショウも出てくる。

会話のようすで、どうやら、この子らは、グループからはみ出している人だということがわかる。彼らが禁止されているおやつを取り出して食べようとした時、強い雷の音と雨で、舞台が暗くなり、四人は舞台袖に隠れる。雨がやみ、明るくなったところで、子どもたちが出てくると、今度はそこへ学童疎開の子どもたち、五郎、勇一、幸子が出てくる。

「おまえら誰や。村のやつか」

「ちがう。おまえこそ誰や」

五郎とショウ、男の子同士の会話が始まるが、カオリたちは、相手をテレビドラマか何かのロケと思い込む。無理もない。

始まった舞台はけっこう観客を惹きつけていた。

4

子どもたち同士のやり取りで、五郎たちが、大阪から集団疎開に来ていたが、病気の母に会いたいと、逃げ出して帰ろうとしていたことがわかる。今は、昭和二〇年七月二一日だということもわかる。もしかして、タイムスリップしたのだろうかという思いが、女の子たちに広がる。

そこへ登場したのが、山田演じる後藤先生だ。五郎たちを見つけて、いきなりビンタを食わせる場面なのだが、なかなかできない。

「このばか者。なんで逃げ出したんや」

セリフも、脚本通りではない。だが、意味は同じだ。

「誰が言い出したんや」

五郎と勇一が同時に「ぼくです」と言う。

「ようし、向かい合って対抗ビンタ一〇回」

だが二人はじっと立ったままだ。隠れていたカオリたちが、がまんしきれなくなって出てくる。

「やめたりいや！」

「この子ら、何もワルないやん。なんでどつきあいさせるんよ」

「そや、ひどいわ」

「な、何だおまえたちは」

「おれたちは平成一三年の大阪から来たんや」とショウ。

「へいせい？」と首をかしげる山田。この辺はまずまずだ。

「そや。昭和天皇が死んで平成になったんや」とショウ。

マミが進み出た。

「私たちは、未来の国からここに来てしもたの。日本は戦争に負けたんやで。今は憲法で戦争したらあかんことになってんのや」

ミキが付け加える。

「そや。戦争放棄やで。掃くほうきとちがうで」

山田は黙っている。ここはあまりにも恐ろしいことを言っているので、茫然としている場面だから、ちょうどいい。そこへ来たもう一人の先生の意見で、ともかく、子どもたちを、旧家の藤田家に連れていき、そこで取り調べようということで、舞台は暗転する。

ともかく、何とかこの場面をしのいで、次の場面へつなぐことができた。


舞台は藤田家の土蔵の中である。蔵に押し込められた子どもたちが「ここから出せ」等、口々に抗議する。山本アリサ扮する、藤田家の祖母が登場した。

「静かにしなされ。この家には病人もおるでな」

アリサは、なかなか落ち着いた話しぶりだ。抗議する子どもたちを諭すように言う。

「おまえたちは、見たこともない服を着て、おかしなことを言うそうや。明日、警察の方が来られるまで、おとなしくしていなされ。朝になったら、ご飯は運んであげるでの」

そこへ、この家の長男、武が登場し、妹のみすずが発作で苦しんでいると告げる。悲しんでいる二人に、ミキが声をかける。

「おばあちゃん、ちょっと待って、みすずっていう子、もしかして喘息?」

「何、お前、喘息のことがわかるのか」

驚く祖母に、ミキは、喘息用の吸入器を取り出す。

「私も喘息や。これ、使ってみて」

わけのわからないものは使えないとためらう祖母を、武が説得する。武は医者を希望しているのだ。

吸入スプレーのおかげでみすずはすっかり楽になる。家族に感謝された子どもたちは、疎開から逃げようとした子どもたちと一緒に、トラックで大阪へ送ってもらえることになった。

本当に未来から来た子どもたちかもしれないと思った武が、いろいろなことを教えてくれという。

「ぼくも父さんのように、もうすぐお国のために戦争に行く。志願するんや。生きて帰れるとは思ってへんけど、もし……もしも戦争が終わったら、ぼくは医者になりたいんや」

それを聞いてマミが突っ込む。

「それっておかしい!」

「ええ?」

「お医者さんて、人の命を助ける仕事やろ。戦争に行ったら人を殺すことになる」

「アメリカは敵や！　毎日毎日、日本を爆撃してるんやぞ！」

「でも、命は誰でも大事やと思う」

思わず黙る武。

「妹にはあんなにやさしいのに」

「ぼくは……ぼくは！」

このやり取りは、中心的な見せ場として書いた場面だ。二人はなかなか熱のこもった演技を見せてくれた。

この後子どもたちが大阪に戻ると、すっかり焼け野原になっている。茫然と佇む子どもたちを、空襲が襲ってくる。爆撃音と共に、逃げ惑うカオリたち。そして一同はストップモーション。真っ暗になり、明るくなると、カオリたちは現代に戻っている。

これまでのことを振り返りながら、語り合う子どもたち。そしてアリサが言う。

「私、クラスのみんなに会いたい」

うなずきあう子どもたち。

舞台が暗くなり、世界の人々の映像が映し出され、全員が舞台に集まり杉本竜一作詞作曲の「ビリーブ」を歌い始めた。この曲を選んだのも子どもたちだ。

歌い終え、一同がそろって一礼すると、会場からは大きな拍手が贈られた。まずまず成功の内に劇は終わったのだ。純一は、また大きな喜びをかみしめた。

5

こうして、純一のM小での日々は順調に過ぎていった。職場の人たちとも親しくなり、気軽に言葉を交わし、職員室で、一緒にお菓子を食べたりもした。かつて同和教育や組合選択で激しく議論を交わした人たちとも、冗談を言い合い、一緒に仕事ができるのが、何よりありがたかった。

二学期に入ったころ、純一たちは、「ゆきとどいた教育を求める全国三〇〇〇万署名」の取り組みに力を注ぐことが求められていた。少人数学級を求める声は、年々高まっている。この運動は、三〇人学級実現を目指す取り組みの大きな柱だった。大阪でも、全国でもここ数年粘り強く取り組まれている。

支部の執行委員会では、運動をどう発展させるかについて、議論が交わされた。

「もう、以前のように、子どもたちに署名を持って帰らせるということはできなくなっています。家庭訪問で訴えることはできると思うのですが、みなさんどうですか」

今年度から書記長となった小竹好之が語りかけると、副支部長の戸田裕子が答えた。

「私、毎年行ってるよ。家庭訪問。懇談会の時も広げて言うてお願いしてるけど」

みんなはちょっと黙りこんだ。戸田は教育実践家として名の通った存在だ。彼女のようには、なかなかできないだろう。純一もかつて一念発起して、主任制反対の署名集めにクラス全員の家庭訪問に取り組んだことがあるが、学級の状況も、当時より厳しくなっている。組合員に呼びかけてもなかなか足が出せないだろう。

「ＰＴＡの実行委員会に申し入れるのはどうですか」

これもいくつかの職場でやられてはいるのだが、数は多くない。

教文部長でもある戸田が、提案した。

「いろいろやれることはそれぞれやったらええと思うけど、支部としては、場所を決めて、集中的に訪問したらどうやろ」

戸田の提案は次のようなものだった。

例えば、集合住宅のようなところを選んで、土曜日の午後、署名用紙に手紙を添えて、全戸に投函し、翌日、訪問して、回収するというのだ。

「三〇〇〇万署名の内容ならけっこう書いてくれると思うよ」

戸田は自信ありげだ。一度執行部でやってみて、結果をニュースなどで紹介し、各分会での取り組みを呼びかければいい。自分の校区が行きづらいと思う人は、違う場所に行けばいい。

執行委員会は、とりあえず次の土日に、Ｍ小校区の市営住宅で行動することを決めて散会した。

執行部のメンバーは日曜日の朝九時に、住宅前の公園に集合した。女性部の役員も加わり、総勢八人である。二人一組で、各棟を訪問することになった。

「一時間をめどに、またここに集合しましょう」

書記長の言葉を受け、みんなは、署名板を携え、行動を開始した。純一は事務職員部長の奥田とともに、一棟の階段を四階まで上がった。

最初の葛原という部屋のインターホンを押すと、ドアが開き、高齢の人が出てきた。

「どちらさんですか？　あ、小宮先生ちゃいますか」

「はい、小宮です」

教えている子の家だろうか。葛原という名前には記憶がない。

「孫が囲碁教室で、お世話になっています」

「あ、そうでしたか。失礼しました」

純一はこの春から、ＰＴＡ主催の囲碁教室に参加していた。役員の親戚にプロの女流棋士がいるということで始まり、毎週土曜日の午後行われている。

純一は、二、三級程度の腕だが、やってくる子どもたちと楽しく碁を打ち、プロ棋士にも多面打ちで教えてもらえるということで、楽しんで参加していた。もちろん用事のある時は欠席だが、教員が参加しているということで、時どきは雑用も引き受け、結構ありがたがられている。

おそらく、この人は、時どき、孫と一緒に来て楽しんでいたのだろう。思いがけない出会いだった。

「今日は、どんな御用ですか」

純一が、三〇〇〇万署名のお願いで訪問活動をしていることを話し始めると、祖父はさえぎった。

「昨日お手紙といっしょに入ってましたな。書きましたで」

祖父は、署名用紙を持ってきてくれた。家族四人の名前が書いてある。

「そうでしたか。ありがとうございます」

純一たちはていねいに頭を下げた。

「それにして、先生、ご苦労さんやな。土曜も、日曜もこうして活動してはるんやと思うと、頭が下がりますわ」

「ありがとうございます。これも子どもたちのためですから」

「いや、たいしたもんや」

純一は何度もお礼を言って、表に出た。

幸先はよかったが、その後は留守も多く、「うちは子どもがいないから関係ない」、「署名というものはしない」などと断られる家もあった。しかし、出てきた家の大部分が署名をしてくれ、話が弾む家もあった。純一を見知っている家では、もちろん署名してくれた。

一同は、休憩をはさんで一一時半まで活動し、近くのファミレスで昼食をとりながら、活動の成果を話し合った。

みんなの報告を聞いて熱心にメモを取っていた書記長の小竹が、ノートを見ながら語りだした。

「みなさんのご奮闘で、一二五筆の署名が集まりました」

「おおっ」「よっしゃ」の声が起こった。

「会えたお宅が八六軒。そのうち、前もって書いてくれていたのが一三軒あって、五二筆でした。ほとんどが家族の分も書いてくれています。その場で応じてくれたのが四一軒で、七三筆です。断られたのが三二軒でした」

控えめな拍手が起こった。

「みなさんのおかげで、この取り組み方が大きな成果をもたらすことが証明されたと思います。これから、各分会にも訴えて、一緒にやっていきましょう」

戸田の言葉にみんなはうなずいた。南支部では、かつてブロックを決め、電話リレーで各分会を結んで、春闘をたたかった経験があり、ブロックごとの駅頭宣伝なども取り組まれている。おそらく、それぞれの地域で、適切な場所を選んで署名活動に取り組んでくれるだろう。そこへ執行部も手分けしていけばいい。

同時に、純一は、囲碁教室のことを考えていた。あの祖父が、あれほど好意的に接してくれたのは、やはり、純一が，自分の楽しみでもあったとはいえ、休日返上で、ＰＴＡの行事に参加していたからだ。

（ＰＴＡに協力してもらおうと思えば、こちらもＰＴＡ活動に、積極的に参加しなくてはならない。そうすればきっとこちらの要請にも応えてくれるだろう）

純一は、このことを発言しようかと思ったが、思いとどまった。もう少し、実績を上げてから言おうと思ったのだ。

それからの純一は、できる限りＰＴＡの行事に参加するように努めた。ＰＴＡ役員が行っている放課後の校区巡視などにも加わるようにして、親しくなろうと努力した。いくぶん敷居の高かったＰＴＡ実行委員会に、三〇〇〇万署名を持ち込んで、書いてもらうこともできるようになった。

同僚との協調にも気を配り、理科以外の書写の授業も引き受け、感謝されるようになったし、穏やかな日々が続いた。

こうして一年間が終わり、新年度となって校長が代わった。新たにやってきたのは、北村道子という女性の校長だった。

純一の教員生活も、残り二年で定年を迎える。最後の二年間はこの校長と共に働くことになるだろう。できるだけ協調してやっていきたいものだ。

幸い、北村校長は、純一たち大阪市教のメンバーに対して、あまり偏見を持っていない様子だった。

純一が、職場の働き方や、若い教員の権利問題などについて意見を述べても、前向きに受け止めてくれたし、思想的な違いは承知の上で、それぞれがんばっていることについては評価するという態度が見受けられた。

そんな校長の下で、純一も気持ちよく働くことができたのである。

6

無事に一学期が終わり、夏休みに入った時、純一は、一度同学年の人たちを家に招いて、食事会をしようと考えた。純一は子どものころから炊事は得意だ。自分の手作りの食事でもてなすから、来てほしいと声をかけたのだ。

純一が選んだ日は、妻の久美子が、友人たちと海外ツアーに行きたいと言っていた日だった。これまでも同僚を食事に招いたことはあるが、妻の力を借りずに、自分一人の手でもてなしてやろうと考えたのだ。妻のいない日を選べば、一〇〇%純一の手で料理を作ったと認めてもらえる。そんな子どもっぽい気持ちが湧くようになったのも、彼らとの親しさの賜物かもしれなかった。

純一の申し出を学年の五人は快く承知してくれた。

「ぼくは酒はあんまり飲まないので、自分の好きな飲み物だけは、自分で持ってきてください。それと、これは食べるのが苦手というものがあれば言うといてください」

こうして八月二〇日と決めた食事会の日は近づき、純一は前もって入念に調理の予習をして、当日に臨んだ。


一二時、駅に迎えに行くと、五人がそれぞれワインや酎ハイを携えて降り立った。男性は、学年主任の江藤、ベテランの村田、若手の大谷と三人。女性は大西と河村の二人だ。

「ようこそお越しいただきました。狭い部屋ですが、どうぞ」

純一は五人を二階の居間に案内した。

クーラーを効かせ、座卓にはおしぼりと冷たいお茶が用意してある。

純一はホストよろしく料理を次々と運び込んだ。最初は前菜三種盛として、生ハムでキーウィを巻いたもの、ウニの瓶詰を味醂で溶いて椎茸に塗り付けて焼いたもの、そして伊勢名物の子持ちサザエという取り合わせだ。

冷えたビールで乾杯し、五人が食べ始めると、続いて牛肉のたたきとカイワレのサラダ風盛り付け、なすを焼いて蒸した鶏肉を挟んだもの、さらに枝豆とエビの冷やし茶わん蒸しを運び込んだ。いずれも純一が好物の料理である。そうそうしょっちゅう取り揃えられるものではないが、料亭気分で取り揃えた夏のメニューだった。

「めっちゃおいしい。いつもこんなご馳走食べてはるの」と大西。

「奥さん幸せやね」と河村。

「いえ、普段はカミさんの作ったもん食べてます」

男性たちは盛んに飲みながら食べている。

仕上げに純一は苦心してつくった「天むす」を運び入れた。三重県津市で始まり、名古屋の名物として知られている。小エビのてんぷらを入れた小さめのおにぎりを海苔で巻いたもので、純一の学生時代には憧れの食べ物だった。ご飯を炊くときに混ぜた塩がきつすぎて、炊き直した労作である。これに炒めたピーマンを散らした赤だし味噌汁を添え、食事を出し終えた。

後は食後のメロンとコーヒーである。

「小宮さん、ほんまホストに徹してはるなあ」

にこやかにコーヒーを進める純一に、大谷が感心しきった声を出した。

女性達も片づけを手伝ってくれて、食卓は片付いたが、一同は腰を上げる気配がない。

持参した飲み物を傾けながら、話が弾んだ。

職場のことから、世間話、それぞれ闊達に語り合い、いつしか日は暮れようとしていた。

そんな時江藤が座りなおして言い出した。

「小宮さん。組合、もう一度元に戻らへんかな」

改まった口調だった。

「こうやって、僕らは仲ようさせてもらってるけど、やっぱり、組合は一つの方がええで。小宮さん、別れてほんまに良かったと思ってはるか」

純一は答えをためらった。確かに今、自分たちは全教の運動に確信をもって取り組んでいる。しかし、文科省の政策とたたかうためにも、対府賃金闘争をたたかうにも、日教組と一つになってたたかえればより大きな力を発揮することができるだろう。

「どっちの組合にも入らん言う人も含めて、みんな一緒にもっと大きな塊を作ることは大事だと思ってます」

純一がそう答えると、江藤は満足げにうなずいた。

「いつかそんな時が来るとええな」

それで話は終わったが、純一は江藤の言葉がずっと心に残った。

それからまた、世間話が続き、六時を回ったところで、ようやくお開きの雰囲気になった。一緒にカラオケに行こうというすすめを断って、純一は一同を送り出した。カラオケは嫌いではないが、何しろ早朝からの準備ともてなしですっかり疲れていたのだ。

かつてやったことのない大仕事をやり遂げた満足感で、純一は夕食の残り物を食べると、すぐ横になっていた。

二学期が始まり、職場には大きな変化が生まれようとしていた。かねがね大規模校として、分割が相談されていたM小が、ついに分校を作ることになったのだ。

すでに建設用地も取得され、分校建設は目前と言われながら、なかなか進まなかったのは校区の線引きをどうするかで、地域住民の合意が得られなかったからである。しかし、一学年五学級もあるM小の運動場はあまりにも狭く、分校を作ることは切実な課題であった。

そこで考えられたのが学年分校である。四年生まで本校で過ごし、五、六年を分校に移して卒業させるという方針なのだ。そして、ゆくゆくは新たな学校としようという計画だった。

一方、その頃組合運動での最大の課題となってきたのは、ここ数年間強められてきた教育基本法改悪に反対する闘いだった。小泉総理は、国会で「国民的議論を踏まえ、精力的に取り組む」と明言している。改悪案が出されるのは時間の問題だろう。

純一たちにとって、教育基本法は、日本国憲法とともに、教育活動の大きなよりどころだった。君が代・日の丸の押しつけが行われるたびに、「それは。教育基本法に反します」

と、反撃し闘い続けたのだ。中でも大事な部分は、「教育は不当な支配に服することなく」と書かれている部分だった。

その教育基本法の改悪が多岐にわたって行われようとしている。今、どうしてもこれを阻止しなければならない。

純一にとって、この闘いは、「八田問題」「労戦問題」に続く、残りの教師生活をかけた闘いだと思えた。

純一たちは、大教組の方針に従って、学習や宣伝に取り組み、地域の諸団体へも働きかけた。ブロックごとに、分会で駅頭宣伝活動を行い、執行部が参加するという取り組みも行った。

大阪市内で開催された秋の大教組教研では、これまで積み重ねた経験を生かして、全体会の歓迎行事で、教育基本法を守ろうという演劇「ともに希望を語るとき」の作・演出に取り組んだ。

さらにその二日後、全教の中央行動に参加し、議員控室を訪問したり、中央集会に参加したりと活動している最中に、市教本部から電話が入った。自民党市議団が教育基本法改正を求める意見書を採択させようと画策しており、緊急対策を検討しているとのことだった。

まさに、情勢は緊迫していると痛感した純一は、休む間もなく緊急集会への参加、宣伝行動、各議員への要請行動など、大車輪の奮闘だった。

こうして充実の日々を過ごした純一は、いよいよ教員生活最後の年を迎えようとしていた。


その年の瀬も迫った二学期の終業式の後、純一は校長室に呼ばれた。そこで北村校長が、笑顔で切り出したのは意外な話だった。

「小宮先生。あなたに分校主任をお願いしたいのです」

「ええ！　ぼくにですか」

純一は驚いた。高学年に係わっているから、分校へ行くことになるだろうとは思っていたが、分校主任などは全く予想外だった。

分校主任は分校の日常的な責任者だ。管理職手当の出ない教頭職のようなものだ。分校の開け閉めにも責任を持つことになるだろう。毎日おそくまで居残ることになれば組合活動もままならなくなる。いったいなぜ、よりによってこの自分なのだ。

「なぜ私にご指名なのですか」

北村校長は、うなずいて答えた。

「私なりに、先生の人柄を見込んでのことです」

人柄と来たか。

「先生は、組合の役してはるけど、あまりセクト的な態度をとらずに、みなさん方と上手に付き合ってはるとお見受けしました」

そういう目で見てくれているのはありがたいが。

「それにＰＴＡの役員さんらにも信頼されてるようですから、分校をお任せするのにうってつけです」

それから、校長はいろいろと話を続けた。

「分校はいずれ新設校として発足することになると思います。私としては、その基礎を作るために、地域のみなさんと信頼関係をしっかり築いていきたいと持っているのです」

校長は、教員や管理作業員、給食調理員の中でも、自分が信頼している人たちを分校へ派遣し、一致結束して働いてほしいと考えていることが分かった。純一は、あと一年間しかない教員生活をこの校長にゆだねることにし、一つだけ条件を出した。

「週二回は組合の会議がありますので、火曜と金曜に限っては、五時半に職場を出させていただきたいのですが」

校長はうなずいた。

「けっこうです。火曜と金曜は私か教頭さんが、分校へ出向いて最終的に閉めます」

話はこうして決まった。

7

二〇〇五年の年度末人事で、分校へ行くメンバーも決まり、子どもたちへの説明も済んで、いよいよ四月からは分校がスタートすることになる。

純一の気持ちは落ち着かなかったが、三月二六日には、大きな行事が待っていた。東京の有明アリーナを会場に、教育基本法改悪を許すなと開催された全教主催の「子どもと教育の未来をひらく三・二六全国大集会」への参加である。

大阪市教は、バスツアーで参加することを決め、参加者を募った。二五日の夜に出発し、朝東京に着いたら、「大江戸温泉物語」というホテルで朝風呂に入り、朝食を摂って会場に向かうというプランである。

純一たちの南支部でも、風呂好きの女性たちが次々と申込み、バスは満杯になった。

バスの中では、学習や交流をしようということで、ゲームが計画された。お互いの自己紹介をかねて、全員が、自分の特技や個性に係わることを三つ書き、それが誰かをあてっこするというゲームである。

純一もカードに自分のことを書いた。すぐわかってては面白くないから、組合役員や演劇

活動のことなどは無論書かない。意外性を楽しむゲームなのである

一、職場のソフトボールで四番を打ったことがある。

　これは事実だが、たまたま欠員が出たからやむなくあてはめられただけのことで、自慢するようなことではない。しかし、純一はスポーツは苦手という顔をしているから、連想されにくいだろう。

二、料理が好きで得意です。

　これで女性のことだと思うだろう。

三、左手の小指の関節が反対側へ九〇度近く曲がる。

純一はなぜか子どもの時から小指がそんな風に曲がるのだ。しかし、そんなことは誰も知らないだろう。

　こんな調子で、それぞれの紹介と名前が上がるたびに「うそやろ！」などと驚きの声や笑いが起こり、バスの中は楽しく更けていった。

　翌朝、入浴を楽しんだ一行は、有明アリーナの大集会に参加した。全国から集まった教職員は一〇〇〇〇人を超える。

　二階席の一角に陣取った純一たちは、次々と登壇する弁士に強く拍手を送りながら、感動と共感に心を震わせる思いだった。

帰途の車中で純一は思った。いよいよ教員生活最後の一年間を迎える。分校主任となれば、直接子どもたちを教える授業はほとんどなくなるだろうが、みんなが働きやすい環境を作るために誠意を持ってがんばろう。そして、組合活動をしっかり締めくくろう。

それにしても、大事なことは退職後の組合役員体制だ。しっかり納得のいくバトンタッチをすることが求められている。あれこれ考えているうちに、いつしか眠りに落ちていた。

分校では、純一にとって初めての経験が次々と続いた。

朝は、管理作業員がカギを開けることになっているが、時どき体調不良で欠勤することがある。そんなときは朝早くから電話がかかり、代わりに純一が行かなければならない。朝食もそこそこに家を出て、七時過ぎには職場に着く必要があった。七時半になると、もう出勤してくる人がいるのだ。

普段は純一も七時半ごろに出勤し、職員室の警備セットを解除することから仕事が始まる。窓を開け、麦茶をセットし、黒板の行事日程を書き換え、書類を配布する。

職員朝会には、校長か教頭が交互に来ることになっていて、司会は純一の仕事だ。職員に配布された書類はすべてファイルし、パソコンでは本校や市教委からのメールをチェックする。地域からの電話対応もあるし、結構あわただしい。

職員会議や部会などは本校と交互におこなう。分校で会議がある時は、メールで送られた資料の印刷や会場設営をするのが純一の役割だった。

放課後、教職員は、当然ながら居残って仕事をする。だが、職員室での雑談も多く、あまり居残る必要もないのに残っている若い教員もいるようだ。

七時半ごろになると、純一はさりげなく動き回って片付けたり、窓を閉めたりして、もうそろそろお帰りなさいという暗黙のアピールをした。そんなこともあって、ほぼ八時ころには退勤してもらうことができ、分校の玄関に施錠して、本校に報告の電話を入れると一日の勤務は終わりだった。

二週間ほどたったころ、地域の住民男性から分校へ抗議の電話が入った。「子どもの声がやかましい」というのだ。夜勤明けで寝ようとするのが妨げられるという。

分校ができるまでは静かな町だったのだから、苦情を言う気持ちもわかる。しかし、子どもが元気に遊んでいるだけなのに、それを静かにさせるなどということはできない。

純一は、「学校は子どもたちが元気に楽しく過ごすところだから理解してください」と話したが、相手は納得しなかった。電話はその後も連日続き、ついに「刃物持っていったろか」と脅迫めいた電話になった。相談の結果、校長が相手の家に出向き、「おっしゃったことを警察に訴えれば、刑事事件になりますよ」と切り出すと、母親が出てきて謝罪してくれ、一応ことは収まった。

その後も、いろいろな苦情は続いた。スーパーでの万引きの通報もあったし、「ピンポンダッシュ」で家のインターホンを鳴らして逃げる子がいるという苦情や、公園でタバコ吸ってる子がいたなどの通報もあった。

一方で、「刃物を持った男が校区内を逃走中」という通報を受け、急きょ集団下校を組織し、教員が付き添って送り届けなければならないこともあった。

純一は、それら一つ一つに対応しながら、改めて管理職の苦労を思った。担任だけががんばっているのではない。学校はみんなが力を合わせ、地域の人たちとも心を合わせて、子どもたちを育てる場所なのだと。

一方、職場では楽しい雰囲気もあった。子どもたちが帰った後、時どき、給食室の調理員さんたちが、おやつや飲み物を職員室へ差し入れてくれるのだ。そんな時はできるだけみんなで集まり、おやつタイムを楽しんだりした。また、職員室でドリップコーヒーを販売し、売上金の収益で、ケーキを買ってきてケーキパーティなどとはしゃぐ日もあった。

新任教員が男女一人ずついたが、そんな雰囲気にすっかり溶け込んで楽しく働くことができた。

8

二学期を迎え、純一にはどうしても解決しなければならない課題があった。

それは次年度の執行部体制の見通しをつけることである。支部長や委員長が退任すれば、書記長が後釜となるケースが多いが、それでは新書記長の人事で苦労する。純一としては、教育実践に優れ、信望の厚い戸田裕子にぜひ引き受けてもらいたかった。

しかし、戸田は「作文教育の会」や文学サークル「はぐるま研」など、教育サークルの仕事で忙しいし、おいそれと支部長を引き受けてはくれないだろう。土壇場になって揉めるのではなく、今から見通しを立てておきたい。そう思っていた時、大変なことが起こった。戸田の夫の朝彦氏が突然小麦アレルギーのアナフラキシーショックで倒れたというのだ。

幸い命には別条がなかったが、精神的ショックは大きく、耳鳴りや睡眠障害に悩まされ、一一月からしばらく休職となったのだ。リハビリの日を続ける夫のために、戸田は早めに帰宅するようになったし、土日も、夫に付き添うことが多くなった。そんな状況の下では、支部長を引き受けてほしいなどという話はし難い。

戸田は、しばらく迷惑をかけるけどよろしくという意味のことを話し、執行委員会も欠席がちだったが、三ヵ月ほどたって、夫の病状もだいぶ良くなり、会議にも参加してくれるようになった。

一二月になって、来年の本部や支部の役員体制が話題になった時、戸田は来年も何とか役員を続けるけど、あまり無理はきかないのでよろしくとのことだった。

純一は思い悩んだ末、暮れに長文の手紙を書いた。これまでの協力への感謝、朝彦氏へのお見舞いなどを綴った後、自分の思いをぶつける気持ちで書いた。

「戸田さん。あなたのしんどい状況を知りながら、あえてお願いします。私の退任後の次期支部長を引き受けてください。教育に対する情熱、高い見識、実践力は無論の事ですが、良き教師は良き組合員という言葉を身をもって実践され、一貫して組合活動でも先頭を切ってこられたあなたに、組合員はもちろん、連合市教組組合員や未組合員の方も、立場の違いを超えて信頼を寄せています。

もし引き受けていただいたら、何とか週一回の執行委員会には出ていただきたいですが、その他の仕事は、書記長や副支部長に任せていただいたらいいと思います。教文部長としての仕事も、後輩に譲り、できるだけ任せてもらえば、今抱えている仕事よりも、むしろ軽減されることも可能です。責任は大きいが、細かな仕事は任せていくのです。

私が、支部長になった時、あなたもご承知の通り、学級が大変でした。組合活動もかなり手控えましたが、執行委員会だけは穴をあけないようにがんばった数ヵ月でした。

あなたが支部長という位置にいるだけで、みんなは安心してくれると思うし、夫さんのことでたいへんだから無理ができないということも十分理解してくれると思います。どうかよろしくお願いします」

この純一の訴えに対して、戸田は、夫が支部長だけはやめてくれと言っていること。これまで私の活動を支えてくれた夫がそういう気持ちを考えると、とても辛いと書きながら、でも、前向きに考えてみるという返事をくれた。

純一は、戸田の気持ちもわかりながら、引き受けてくれることをひたすら願った。

二学期の終わりが近づいた時、純一には大きな仕事が舞い込んだ。南大阪支部地域の共産党女性後援会で、教育基本法の学習懇談会をおこなうので、講師に来てほしいというのだ。

純一は、資料を積み上げ、懸命にレジュメを作った。教育現場とは関係のない人にも、よくわかってもらえるように話がしたい。自分の歩みの集大成のつもりでやろうと。妻の久美子にも見てもらいながら、レジュメを練り上げた。


冬休みを迎えた翌日、いよいよ学習懇談会の当日が来た。住吉区民センターに六〇人近い参加者を迎え、「教育基本法を守り、教育に生かそう」と題した純一の講演が始まった。

「どんな困難な中でも、子どもたちに寄り添い、その成長を信じてがんばるのが、教職員の心です。その心をしっかりと支えているのが憲法と教育基本法です」

純一はこう切り出し、教育基本法の意義と値打ちを語った。教育基本法は、侵略戦争の深い反省の上に立って作られた日本国憲法と一体のものとして作られたこと。教育の目的はどの子もかけがえのない大切な子どもとして「人格の完成をめざすこと」「平和的な国家及びその形成者を目指すこと」。そして、すべての子どもに教育の権利を保障し、教育水準を大きく前進させたということを語った。

話しながら、だんだん胸が熱くなってくることを感じながら、純一は力を込めて語った。

「教育基本法は、学問研究の自由を尊重することが大切だとの立場から『教育は不当な支配に服することなく、国民全体に対し、直接に責任を負って行われるべきものである』として、行政による教育の介入を禁じました、私たち教職員が、解同の教育介入や、君が代・日の丸の押し付けなどに対してたたかうことができたのは、まさにこの教育基本法第十条の力なのです」

拍手が起こった。

純一は、続いて、教育基本法が創られた直後から、アメリカと時の政府によってないがしろにされてきたことを説明し、しかし、教職員や民主勢力のたたかいによって、改悪は許さなかったと語り、今改悪されようとしている狙いとポイントを説明した。

「財界とアメリカは、大多数の子どもたちを切り捨て、財界にとって必要な人材として、一部のエリートを育成しようとしています。文科省の役人が、三割の子がわかればいいと言い放ったのがその表れです。そのために、習熟度別学級、校区選択制、中高一貫校、などいろいろな手を打ってきているのです」

一つ一つの政策を詳しく説明したいが、その時間はない。

「もう一つは、アメリカ言いなりに戦争をする国づくりを進め、そのための人づくりをおこなうこと。お国のために命を投げ出してもかまわない日本人を生み出すことです。そのために、子どもたちをマインドコントロールする『心のノート』などもつくられています」

ざわめきが起こった。多額の税金をかけて作った「心のノート」は、教科書検定などを経ることなく、道徳補助教材として、三年前から小中学校に配布されたものだ。教職員組合では批判を続けている。

純一は力を込めた。

「こうした教育を進めるために、教職員を支配しようと『評価システム』などの人事考課制度を導入し、君が代・日の丸なども押しつけています。物言わぬ教員つくりを、私たちは断じて許しません」

拍手が起こった。「そうだ」の声も飛んだ。

純一は、最後に教育基本法改悪の危険な情勢にふれ、話を結んだ。

「みなさん。子どもたちは私たちの宝です。今、その子どもたちが、未来への希望や、自分に対する自信を持つことができずに、悩み、苦しみ、私たち大人に向かって叫んでいます」

純一は、M小に来た時の、荒れた学級の子どもたちの姿が浮かんだ。みんな元気だろうか。

「知恵と力を合わせ、手を携えて、教育基本法を守り、憲法を守り、くらしと教育に生かしましょう。ご一緒に力を合わせましょう」

一礼する純一に大きな拍手が贈られた。教師生活すべての想いを語りつくせた気持ちだった。

9

年が明けた。妻や娘とお正月をゆっくり過ごし、始業式の前日となった。夕方五時からは執行委員会だ。会議の前に出勤して三学期に備える必要がある。午前中は本校、午後は分校だ。出かける用意をしていると携帯が鳴った。戸田からだ。

「もしもし、おはようさん」

「おはようさん。ええ話や。彼が、今朝、支部長引き受けなさいというてくれた」

「すごい。ほんまか」

「私もびっくりしたけどな。お正月中、ずっと考えてたんやて。君のやることをじゃましたらあかんと思った。心配するな言うて……」

戸田の声が少し涙声になった。

「ありがとう！　ほんまにありがとう」

あとは言わずもがなだった。

その日の執行委員会では、戸田を中心とする次年度の体制を話し合い、年度末人事の闘いや、教育基本法改悪反対の取り組みを話し合い、意気高く散会した。例によって何人かは飲みに行くようだが、純一は引き上げることにした。

戸田と駅までの道を歩きながら、二人は明日への希望を語り合った。

「なあ、退職したら何するの」

「行きたかったところへ行くわ。囲碁教室、カラオケ教室、シナリオ学校」

「うらやましいな」

「地域の活動も、それなりにやるで。ニュースつくりや宣伝でがんばるつもりや」

「もう、再任用とか行く気はないの」

「うん。もう燃え尽きた」

それは純一の本音だった。

「退職したら、ちょっとだけ一人旅するわ。そのつもりでこっそり計画立ててるんや」

「それもええな」

純一の心は弾んでいた。

「戸田さんも、あと少しがんばって、あとは大学でも行って後輩育てるんやな」

戸田は黙って笑顔を見せた。

「久美子さんは、まだ仕事あるんやろ」

「うん、あと一年」

「ほな、あなたが、家のことがんばる番やね」

「そういえばそうだ。今まで久美子におんぶにだっこだったから、少しは恩返ししなければならない。

「旅行から帰ったら専業主婦するよ」

「できる？　主婦は料理だけと違うよ。洗濯も掃除も、ご近所とのこともあるんやで」

「わかってるって」

そんな話をしながら、純一たちは夜道を歩いた。第二の人生がもうすぐ始まるのだ。何となく心が騒ぐ夜だった。


三学期はまたたく間に過ぎて、いよいよ終業式を迎えた。少しずつ私物を片付け、教育関係の書籍は、組合書記局へ、寄贈というよりは引き取ってもらい、片付けは済んでいる。

終業式の夜は、職場の人たちが、近くの寿司屋さんで送別会を開いてくれることになっていた。それが済んだら、明日から、一週間の気ままな一人旅に出る。久美子には「自分探しの旅や」などといっていたが、ようするに気楽な旅だった。

終業式で、純一はお別れのあいさつに立った。

簡単なお別れの言葉の後、純一は考えていたことを話し始めた。

「先生は、戦争が終わった年、一九四五年に生まれました。もう二度と再び、戦争はしない。その誓いの下に、新しい憲法、日本国憲法が作られたのです。その憲法を学校で学び、その憲法の下で今日まで生きてきました」

子どもたちはじっと聞いている。

「みなさんがこれから大人になり、これからの日本を作っていくのです。二度と戦争はしないと誓った平和憲法、一人ひとりが幸せに暮らせる社会をめざす憲法を、しっかり守っていってほしいのです。これが先生のみなさんへの最後のお願いです。今日まで本当にありがとう。元気でがんばってください。さようなら」

純一は深々と頭を下げて講堂の舞台を降りた。


翌日、純一は旅立った。山陽新幹線の車窓から、海を見ながら、これまでの日々を思った。三八年の教師生活。ひたすらがんばったことは確かだが、あまりにも組合活動が忙しすぎた。教師として、しっかり教師力をつけることができたとは思えない。新任の頃未熟だったのはやむを得ないとしても、その後、常に子どもたちにとってよい教師であったかどうか、あまり自信がない。

そんなことを思いながら、純一はふと目をつぶった。まだ、自分の人生は半ばだ。ゆっくりこれからの人生を考えていけばいい。

これまで旅行に行くと、いつも、帰ってからの仕事や活動のことが気になり、帰り道は、気が重いことが多かった。
今度の旅は違う。帰っても、もう出勤はない。新たな自分の生活を作っていくのだ。
純一の心は、これまで経験したことがないほど穏やかだった。

完

【初出】
「大阪泉州文学」第50号（二〇一四年）～57号（二〇二一年）連載（52号休載）

【参考文献】

大阪同和教育研究サークル編『真の部落解放と教育労働者』（汐文社）
大阪民主新報編集部編『真の部落解放をめざして』（汐文社）
大阪教職員組合『大教組運動史第二巻』
大川悦生『おかあさんの木』（ポプラ社）
岡野寛二さん追悼文集作成実行委員会『岡野寛二さん追悼文集　真実と良心を守り続けて』

松本喜久夫さんのこと

木村泰子（元小学校教員）

松本喜久夫先生（喜久夫さん）との出会いは二〇〇五年四月大阪市住吉区のM小学校でした。M小は当時大阪市でも最も課題を抱えたと言っても過言ではない大規模校の公立の小学校でした。校区住民は二〇年間にもわたり大規模校解消のための新校開設に反対運動を続けていた地域でした。その当時、同じ区で教頭をしていた私はM小の地域住民たちが何を理由に反対運動を続けているのか全く知りませんでした。ただ、いつも困りごとが多い学校で（大変だなあ……）と他人事としてみていた気がします。

ところが、このM小に突然新任校長として赴任することになりました。地域の大人たちが、言われなき地域格差を理由に反対運動を続けている。一〇〇〇人を超える子どもが在籍する中で、何人もの子どもが学校に登校できていない。学校に来ている子は弱い立場の子どもをいじめる。そのことをとがめられると、いじめるターゲットを教師に向ける。保護者はクレームを言うために校長室の前に並ぶ。校区編成ができないために、五・六年は新校予定だった地域に建てられた校舎に通い、一年から四年は本校の校舎に通うといった分校制度をとり、きょうだい別々の学校での学びを余儀なくされる子どもたち。高学年は低学年の子どもたちの姿を目にすることなく一日が終わる。同様に高学年の姿を見ない低学年はあこがれの対象すら奪われている。六〇人を超える教職員は月に一度の職員会議だけに集まるが、どの子が困っているかなどの子どもの情報交換すらできていないどころか、教職員同士が顔と名前が一致する関係すら取れていない。本校と分校がありながら校長・教頭は一人しかいない。本校で朝の挨拶が終われば自転車で分校に移動する。

このように、子どもも大人も安心して学び合える学校の環境ではありませんでした。おそらく子どもは大人に不信を抱き、大人は大人同士でプレッシャーを感じ合って安心して働くことができない職場だったと容易に想像できました。この管理職不在の大変な状況の分校をまとめていただいていたのが分校主任の喜久夫さんでした。

喜久夫さんのことは同じ大阪市で教員をしていた私なので、当然周りからの情報は入っていました。喜久夫さんもこの「風に立つ」の中で一貫して表現されていますが、当時の大阪市は教職員組合が対立していました。本来、教職員組合は目的を共有し、その実現のために行動するものであろうと考えていた私は「市教」「市教組」の分断から対立に進み始めた頃は、教職員組合そのものの存在に疑問を持ち始めたことを思い返しました。教員時代の私は喜久夫さんとは対立している組合に入っていました。組合運動はしていなくても少なくとも組合費を払うだけの協力があってもいいだろうとの考えからでした。

当然、M小の分校主任は「市教」のリーダーであることはわかっています。本来なら管理職は構えてかかるのかもしれません。私の中にはもちろん、どこかにそんな管理職の考えがあったかもしれませんが、激動の時代にこれだけ学校が荒れ、多くの子どもや大人が困っている中で、組合だの管理職だのと言った分断を学校から捨てなければ、いつまでたっても安心する学校づくりはできないとの思いが強かったのです。

分校の職員室で初めて喜久夫さんに出会った時の印象は今でも鮮明に覚えています。一言で言えば夢を抱く青年のようなやわらかでマシュマロのような人でした。もちろん、喜久夫さんの方が年上です。年下の私がなんと生意気なことを言うのかとお叱りを受けそうですが、困難な学校の状況の中で、いつも周りの人たちをそっと包んでおられたのです。「市教のリーダー」といったくくりで喜久夫さんを想像すると、管理職に対してきっと攻撃的な感じの方だろうと思ってしまいがちですが、全くそんな空気を感じさせる人ではありませんでした。分校の職員室は教職員が困っているのですが、笑い声が聞こえていました。喜久夫さんは人と人をつなぐ役割を自然に肩を張ることなく行動されていました。

たまたま時間がうまくあって喜久夫さんと話し込んだことがありました。その時、本当に青年のような輝きを持って「夢」を語られました。私が出会ったのは喜久夫さんの教員生活最後の一年でした。退職後は教員生活のすべてを小説に書きたいのだと熱く語られました。今回、本の泉社の新船海三郎様からお声をかけていただいたときに、「喜久夫さん、やったね！」との思いがこみ上げてきて、私まで幸せを分けていただいた気がしました。

実は、私は喜久夫さんにとても感謝をしていることがあります。喜久夫さんは覚えておられないと思いますが、混乱の中で迎えた卒業式の日のことです。実はこれまでの分校制度にピリオドを打ち、翌年からは新校として分離独立することになったので、この卒業式が分校としては最後の卒業式です。私は新米校長の上に、たったの一年しかかかわっていない卒業生たちのことが気になって仕方がなかったのです。子どもたちが納得して卒業してくれることだけが願いでした。すべての子どもが安心して前を向いて卒業できるように、喜久夫さんを中心に分校の教職員たちと行動しては失敗してやり直しをしていく日々でした。

こうして迎えた卒業式の日、校長の式辞と言うものに初体験をするのですが、校長としてそつなく伝えなければならないことを原稿にしました。何度も読む練習をして本番です。練習の成果もあって原稿通り読み終えることができました。終わると会場からは拍手をもらい、自分の中でもうまくできたと思っていました。卒業生たちも大人の想像を超えるそれぞれの自分たちらしい姿で卒業していったので、結果オーライと安心していたのです。周りの教職員たちもそれぞれにいい表情をしていて、誰もが「感動した。」「子どもってすごいね。」などと語り合い、これまでの苦しかったことを喜びに変えているかのようでした。

校長になって初めての卒業式が終わろうとしていたその時です。喜久夫さんがそばに来て「校長、今日の式辞はあえてあの言葉を使ったのですか?」と問いかけてくれたのです。私はまるで記憶になく何のことかもわかっていません。式辞の冒頭で「来賓のみなさま方、本日は○○○」と言うあいさつのところを「保護者のみなさま方○○○」と言ってしまったらしいのです。つまり、「来賓」という言葉はどこにもなく、新米校長が来賓にだけ何の挨拶もしないで式辞を終えたという事実だけが残ったのです。それも地域住民と学校の関係が混とんとしている中での校長の大失敗です。

喜久夫さんはとても言葉を大切にされる方です。私が出会った一年は理科専科の立場でしたが、普段の会話から国語の授業がしたいだろうなと感じていました。そんな喜久夫さんだからこそ私に問いかけてくださったのです。その瞬間、喜久夫さんに「間違った!」と叫んだ気がします。喜久夫さんは「安心しました。読み間違ったのですね。あの文章をどう解釈すればいいか考えていたのですが、読み間違いだったのですね。納得しました。」こんな感じの会話を覚えています。

そこからが大変です。分校の職員室で「どうしてみんな教えてくれなかったの!」とみんなのせいにする私の言葉に「気づかなかった」「堂々と読んでたから間違っているなど思わなかった」と、これほど校長の大失敗に笑い声が起きる職員室は、この一年間でも一番だったような気がします。

私はこの時から、一切原稿をつくらないことに決めたのです。どれだけ言葉が足りなくても途中で話がつまってしまっても、その時の自分の言葉を自分らしく伝えることにしたのです。

翌年は新校のO小の校長に赴任しましたが、そこからO小での九年間の学びで何よりも大事にしてきたことは「自分から　自分らしく　自分の言葉で語る」ことでした。これは、私の中では喜久夫さんに気づかせていただいたかけがえのない学びでした。

この年の最後の終業式に喜久夫さんは子どもたちの前で、これまでの教員人生のすべてを出し切るかのように「人にとって個人の権利が尊重され、誰もが自分らしく生きることができる社会をつくってください。」と最後の言葉を締めくくられました。その喜久夫さんの言葉を聞いていたすべての人は、「市教のリーダー!」としてではなく、一人の「先」を生きた大先輩の言葉として誰もの心に染み入ったのではないでしょうか。

退職後もO小にはよく顔を見せてくださいました。いつもやさしい笑顔で（困っていることはないか?）（ぼくのできることがあればやるよ!）と、新校の職員室に居てくださっていました。私たちが不安になっているときは、「みんなよくやっているよ。」と、いつも励ましてくださっていました。昨年までの苦労を共有している者同士だからこそ分かり合える阿吽の呼吸を感じるだけで、どこかホッとしていた自分を思い出します。

今回、「風に立つ」を読ませていただいて、もちろん小説ですから事実通りではありませんが、分校や新校の職員室で聞いていた喜久夫さんの言葉や姿そして、人としての生きざまが見事に飾ることもなく表現されていることに感動を隠し切れません。喜久夫さんが残された「跡」を多くの後輩たちがつないでいます。「子どもの幸せが一番！」今もこんな風に言われるでしょう。激動の大阪市の嵐の中を一人の「教職員組合リーダー」として、教員として毅然と立ち向かってこられた姿を「風に立つ」で再認識させていただきました。

喜久夫さん、念願の小説を完成されましたね。本当におめでとうございます。そして、ありがとうございました。

木村泰子（きむらやすこ）＝大阪市生まれ。一九七〇年に教員となり、二〇〇六年四月の開校時から二〇一五年三月まで大空小学校の校長を務め、「すべての子どもの学習権を保障する」学校づくりに情熱を注いだ。現在は全国で講演活動などを行う。著書に『地場教育＝education@local：此処から未来へ』（共、静岡新聞社）、『「ほんとのこと」は、親にはいえない：子どもの言葉を生み出す対話』（家の光教会）、『前川喜平が語る、考える。学ぶことと育つこと、在日とアイデンティティー、あなたと私。』（共、本の泉社）などがある。

◆著者略歴
松本 喜久夫（まつもと・きくお）
一九四五年三重県生まれ。三重大学学芸学部卒業。
三八年間大阪市の小学校教員をつとめる。
日本民主主義文学会会員。日本演劇教育連盟会員。
著書に「おれはロビンフッド　松本喜久夫脚本集」
（晩成書房）「明日への坂道」（光陽出版）
「つなぎあう日々」「希望を紡ぐ教室」（新日本出版社）
など。

風《かぜ》に立《た》つ

二〇二一年　一二月四日　初版第一刷発行

著　者　松本 喜久夫

発行者　新船 海三郎
発行所　本の泉社
〒一一二-〇〇〇五
東京都文京区水道二-一〇-九　板倉ビル二階
Tel　〇三（五八一〇）一五八一
FAX　〇三（五八一〇）一五八二
http://www.honnoizumi.co.jp/

DTP　杵鞭 真一
印刷　音羽印刷株式会社
製本　株式会社村上製本所
表紙イラスト：kanichi / PIXTA

ISBN978-4-7807-1834-8　C0093